デート・ア・ライブ アンコール 11

DATE A LIVE ENCORE 11

【デート・ア・プレイバック　case-1　出会い】

とある日。十香は狂三のお茶会に呼ばれていた。

「狂三、今日はなぜ私だけが呼ばれたのだ？」

「十香さんとわたくし、二人のイラストが多いもので」

「イラスト……？」

「間違えましたわ。たまにはこうして、美味しいお茶でもいただきながら、思い出話に花を咲かせるのもいいではありませんの」

「むう……」

狂三の言うことはよくわからなかったが、確かにたまにはそういう機会があってもいいだろう。十香は紅茶を一口啜ってからうなずいた。

「しかし思い出か……狂三に初めて会ってから、もう二年は経つのか？」

「ええ、ええ。早いものですわね。一〇年は経っているかのように感じますわ」

狂三がまたよくわからないことを言ってくるが、なぜだろうか、確かになんとなくそんな気がした。

「懐かしいですわね。あのときはわたくしたち、敵同士でしたもの」

「うむ……そうだったな。よく覚えているぞ。確か狂三が突然転校してきて、『わたくし、精霊ですのよ』と、ものすごく得意げに挨拶をしたのだ」

「……そ、そうでしたかしら」

十香が感慨深げに言うと、なぜか狂三は頬をほんのりと染めながら視線を逸らした。

「うむ。しばらくクラスで噂になったぞ。『中二病』とか、『不思議ちゃん』とか、『やっちまったな……』とか……よく意味はわからなかったが」

「ぐ……っ」

十香の言葉に、狂三が恥ずかしそうに呻いた。

しかし心を落ち着けるように紅茶を一口啜ると、気を取り直すように続けてくる。

「ま、まあ、でもあれは、別に格好付けたわけではなく、士道さんに手っ取り早く存在をアピールするための手段でしたので。それに何より、あれはわたくし本人ではなく、若い分身体でしたし……」

「そうか。本物の狂三は屋上での戦いのときに初めて姿を現したのだったな」

「そう。その通りですわ」

「その後登場した琴里にやられて逃走したのだったな」

「うぐ……っ」

「そういえばあのとき使っていた、自分の意志で空間震を起こす技、あれから使用していないようだが――なぜだ？」

「…………」

狂三は額に汗を浮かべながら席を立った。

「……十香さん。お茶のお供にお菓子はいかがでして？」

「おお……！　いただくぞ！」

十香は今し方浮かんでいた疑問も忘れ、顔をパァッと明るくした。

【デート・ア・プレイバック　case-2　デート】

「……いかがでして、十香さん」

「うむ！　美味しいぞ！」

　十香は笑顔で言ったのち、首を傾げた。

「しかし、なぜ服を着替える必要があったのだ？」

「気にしてはいけませんわ」

　言って、狂三は話題を変えるように咳払いした。

「出会い以外にも思い出はたくさんありますわね。——たとえば、士道さんとのデートとか」

「おお、あったな。——随分あとになって聞いたが、あのときは私と狂三、それと折紙とのデェトが重なってしまっていて大変だったらしい」

「ふふ、そのようですわね。どうりでトイレに立たれる回数が多いと思いましたわ」

　狂三はくすくすと笑うと、言葉を続けてきた。

「ところで、十香さんはそのときどこに行かれましたの？」

「私は水族館だ。綺麗な魚をたくさん見たぞ！」

「それはそれは、楽しそうですわね」

「うむ！　狂三はどこへ行ったのだ？」

　十香が問うと、狂三はニッと唇を歪めた。

「わたくしは、いきなりランジェリーショップに連れて行かれてしまいましたわ」

「らんじぇ……？」

「……ああ、下着を売っている場所のことですわ」

　聞き慣れない言葉に十香が首を捻ると、狂三は汗を

垂らしながら説明してきた。

その言葉に、思わず息を詰まらせる。

「な……っ、下着だと？　狂三、まさか——」

十香が眉根を寄せながら言うと、狂三はその反応を待っていたのだというように肩をすくめてみせた。

「うふふ、士道さんにも困ったものですわよね。初めてデートに誘った相手を、いきなりそんな場所へ連れ込むだなんて……」

「むう……そうか。いや、気にすることはないぞ、狂三。子供の頃は誰しもしてしまうものだというし、恥ずかしがることはない」

「……って、何の話をしておられますの⁉」

十香が声をひそめるようにしながら言うと、狂三はたまらずといった調子で叫びを上げてきた。

と、そこで家の門の方から音がしたかと思うと、六喰と二亜がやってきた。

「ふむん。こんなところにおったか、二人とも」

「んもーくるみん。お茶会ならあたしたちも誘ってよー。二人で何の話してたのさー」

二亜が気安い調子で言ってくる。十香は誤魔化すように返した。

「いや……大した話はしていないぞ。狂三が粗相をしてしまった話など、これっぽっちも……」

「十香さん⁉」

「えっ、何それ詳しく聞かせて⁉」

「ああもう……静かにしてくださいまし！」

狂三が、頬を赤らめながら声を荒らげた。

【デート・ア・プレイバック case-3 第一印象】

「というわけで、あたしたちも出会いの思い出というか？ お互いの第一印象を語っちゃおうじゃないの」

「何が、『というわけ』ですの？」

「というか、なぜ水着なのじゃ」

「…………」

二亜の言葉に、狂三、六喰、天香の三人は呆れたようにリアクションを返した。

「まあまあ。裸で語り合うっていうじゃない」

「くだらん。勝手にやっていろ」

十香の反転体・天香が吐き捨てるように言う。――先ほど誤ってクレープを落としてしまい、そのショックで反転してしまったのである。時系列などはあまり気にしてはいけない。

「うわーん、天姉にいじめられたって、とーかちゃんに言いつけてやるー」

『……ちッ』

二亜の言葉に、天香が忌々しげに舌打ちをする。

それを了承と受け取ったのか、二亜が続けた。

『じゃあさっそく、くるみんの第一印象から』

『むん……主様を狙う怪しい女……かの』

『非力なる賢しき精霊』

六喰と天香が無遠慮に言う。狂三は『あらあら』と笑ってみせた。

『あはは、容赦ないなあ。あたしは自分が助けられたってのもあるけど、わりと謎のヒーローって感じだったよ。──んじゃ、ムックちんの第一印象は？』

『うふふ、可愛らしい女の子という印象ですわ』

『小さき者。されど戦士』

『なるほど。あたしは逆に『でっけえ……』だった』

『……？　何の話じゃ？』

六喰が不思議そうに首を捻る。が、二亜は答えず、続きを促した。

『んじゃ、天姉の印象は？』

『むん……主様を足蹴にする悪い女じゃ』

『興味深い反転体──ですわね』

『あたしは、2Pカラー……そういうのもあるのか』

『先程から何を言っているのだ貴様』

二亜の言葉に、天香が眉根を寄せる。しかし二亜は気にせず言葉を続けた。

『じゃあメインイベント！　あたしの第一印象は!?』

『──駄目な大人』

三人は、異口同音に答えた。

CIDER

DATE A LIVE ENCORE 11

GraduationTOHKA, TriadYAMAI, PartnerITSUKA, ElectionNATSUMI,
StrangerSPIRIT, OriginMIO

CONTENTS

デート・ア・ライブ アンコール11

橘 公司

ファンタジア文庫

3203

口絵・本文イラスト　つなこ

精霊
THE SPIRIT
隣界に存在する特殊災害指定生命体。発生原因、存在理由ともに不明。
こちらの世界に現れる際、空間震を発生させ、周囲に甚大な被害を及ぼす。
また、その戦闘能力は強大。

対処法1
WAYS OF COPING 1
武力を以てこれを殲滅する。
ただし前述の通り、非常に高い戦闘能力を持つため、達成は困難。

対処法2
WAYS OF COPING 2
——デートして、デレさせる。

デート・ア・ライブ アンコール 11

DATE A LIVE ENCORE 11

SpiritNo.0
Height 160 Three size B89/W60/H87

十香グラデュエーション

GraduationTOHKA

DATE A LIVE ENCORE 11

「――卒業式？」

ある日の夕食中。目をまん丸に見開きながら、夜刀神十香は士道の言葉にそう問い返してきた。

夜色の髪と水晶のような双眸が特徴的な、美しい少女である。今はその端整な面を不思議そうな色に染め、ついでに頬にご飯粒をくっつけていた。

とはいえそれも仕方あるまい。何しろ今日のおかずは豚肉の生姜焼き。士道秘伝のタレで香ばしく焼き上げた豚ロースは、無限にご飯が進む逸品だ。十香は既に三回ご飯をおかわりしていた。米の一粒くらい付くだろう。

「ああ」

十香の向かいに座った士道は、そんな十香の姿に小さく笑いながらうなずくと、そのままあとを続けた。

「学校生活を終えるときにやる式典……まあ、要はパーティーみたいなもんさ。俺たちは先月済ませたけど、十香は参加できなかっただろ？　だから、よければどうかなって。まあ、本当の卒業式みたいに大規模なのはできないから、知り合いだけを集めたプチ卒業式って感じになると思うけど」

小さく手振りを交えながら、簡単に説明をする。

そう。今士道の目の前に座っている少女――十香は、かつて一度この世界から姿を消した。

そして、幾つもの奇跡の積み重ねによって、再度士道たちの前に舞い戻ってきたのだが……そのときにはもう、同級生だった士道たちは高校を卒業してしまっていたのである。

十香もまた〈ラタトスク〉の力で高校を卒業扱いにしてはもらったものの、卒業式ばかりはいかんともしがたい。そこで士道は妹の琴里と相談して、件のプチ卒業式を考案したのだった。

「おお……！」

士道の言葉に、十香は目を輝かせると、椅子から立ち上がって身を乗り出した。

「それは、なんだ――すごいな！　とてもいいと思うぞ！」

言って、興奮した様子で手をブンブンと振る。

が、数瞬のあと、十香は難しげな顔でむう、と唸った。

「しかし……いいのか？　私のためだけに皆の手を煩わせてしまうのは――」

「おっと、勘違いするなよ？　俺たちは自分がやりたいからやろうと思ってるんだ。みんな、十香を祝いたいんだよ」

士道は十香の言葉を遮るように声を発すると、五河家のダイニング、及びリビングに居並んだ元精霊の少女たちを示すように手を広げた。

するとその動作に応ずるように、少女たちが微笑みながらこくりと首を前に倒す。

「呵々、まあそういうことである。大人しく祝福を浴びるがよい」

「せっかくの機会だしやっときなって。一生の思い出だしねー」

「是非、お祝いさせてください、十香さん」

「皆……」

十香はふっと目を伏せると、うむ、とうなずいたのち顔を上げた。

「すまない、野暮なことを言った。皆、ありがとうだ。是非参加させてくれ！」

十香が言うと、皆は満足げに笑い、パチパチと手を叩いた。

士道はその様子にふっと頰を緩め、皆を見渡しながら言葉を続けた。

「よし、そうと決まれば早速明日から準備だ。会場は〈ラタトスク〉が押さえてくれるって話だけど、飾りを用意したり、知り合いに連絡を回したりしないとな」

『おー！』

士道の言葉に、少女たちが一斉に拳を突き上げる。当の十香もまた、元気よく両手を天に掲げながら声を上げていた。

「──ちょっと待った。十香は駄目よ？」

と、そこで、ダイニングテーブルに着いていた少女が注意するように言う。

リボンで二つに括られた髪に、ぱちりとした双眸。士道の妹にして〈ラタトスク〉の司令官・五河琴里である。

その反応に、士道は頬をかきながら苦笑した。確かに十香は祝われる側であるし、厳密に言えばおかしな話ではある。とはいえ、もうプチ卒業式のことを話してしまった以上、サプライズというわけでもないだろう。

「別に一緒に準備するくらい、いいんじゃないか？　本人もやりたがってるんだし」

「いや、そういうことじゃなくて。十香には他にやることがあるって言ってるのよ」

「他にやること……？」

士道が不思議そうに首を傾げながら問うと、琴里は目を細めながら、ビッと十香を指さした。

「ええ。──大学入試の準備よ」

「……へ？」

「む……？」

琴里の言葉に。

士道と十香は、同時に目を丸くした。

「どういうことだ？　十香の行く大学……って、俺や折紙と同じところだよな？　高校のときみたいに、〈ラタトスク〉が手を回してくれるんじゃ……」

訝しげに眉根を寄せながら琴里の方に視線を戻す。

そう。〈ラタトスク〉は空間震を平和裏に解決し、精霊に幸福な生活を送らせることを目的とした秘匿組織である。そしてその理念は、始原の精霊が消え去った今も変わってはいない。

封印が成功した精霊は皆、〈ラタトスク〉の手によって戸籍が用意され、必要とあらば、それぞれ高校や中学校への編入手続きが取られていた。そのため今回もてっきり、既に裏で話がついているものと思っていたのである。

士道の表情からそんな思考を察したのだろう、琴里が難しげな顔を作りながら肩をすくめてみせた。

「もちろんそのつもりだったし、実際に理事長とは話をつけたんだけど……先方の学長がかなりの堅物みたいでね。如何にやむを得ない事情があろうと、試験なしで入学を許したのでは、他の学生に示しがつかないって主張してるらしくて。何か交渉材料に使えそうな弱みでもないかと身辺調査もしてみたけど、特に何もなし。今時珍しい、ひたすらに高潔でご立派な教育者様だったわ。素晴らしい人物だけど、こっちからすると一番与しにくいタイプね」

「な、なるほど……確かにもっともだな」

言いながら、士道は入学式の際目にした学長の姿を思い起こした。背筋のピンと通った、いかめしい顔の男性。その顔つきや姿勢からは、確かにただならぬ峻厳さが滲み出ていたような気がした。

「というわけだから、悪いけど十香には特別入試を受けてもらわないといけなくなったの。内容は、三教科の筆記試験と面接。――頑張ってくれるかしら？」

「うむ、わかったぞ！」

琴里の言葉に、十香が元気よくうなずく。その屈託のない表情に、士道は思わず頬に汗を垂らしてしまった。

「……本当に大丈夫なのか？」

士道の進学した彩戸大学は、トップクラスとは言わないまでも、にわか仕込みの勉強程度で入れるようなレベルではない。少なくとも士道は受験のために、高校ナンバーワンの秀才である鳶一折紙に、みっちり勉強を見てもらっていた（もっと正確に言うと、最初は予備校に通おうとしていた士道のもとに、半ば強制的に押しかけてきた）。

十香は決して頭が悪いわけではない。むしろ学習能力や吸収力は非常に高いといってもいいだろう。

けれど悲しいかな、他の皆とはスタートラインが違いすぎるのだ。今から受験勉強を始めたとして、合格ラインに達するまでに、一体どれくらいの時間がかかるだろうか。

士道がそんなことを考えていると、琴里が、わかっている、というように首を前に倒してきた。

「とにかく、まずは今の十香の実力を確かめましょう。——十香、模擬試験を用意してあるから、夕飯のあとちょっと付き合ってちょうだい」

「うむ！」

士道の心配をよそに、十香はまたも元気よく首肯した。

そして、それからおよそ四時間後。精霊マンション一階に位置する多目的スペースで。

「う、うーん……これは……」

「……まあ、予想はしていたけど、こんなところよね」

士道と琴里は、テーブルの上に置かれた答案に視線を落としながら、難しげな顔を作っていた。

理由は単純。十香が受けた模擬試験の点数が、なんとも反応しづらいものだったのである。

国語……三二点／一〇〇点。

外国語……三五点／一五〇点。

地歴（選択科目）……二五点／一〇〇点。

点数を倍にしても合格ラインに届かない。筆記の他に面接もあるとはいえ、筆記がこの点数では合格は絶望的だろう。

「ううむ……ここはこうだったか。なかなかむつかしいな」

十香が真剣な眼差しで答案を確認し、間違ったところをノートに記していく。点数はともかく、その姿勢はひたすらに前向きかつ真摯だった。点数はともかく。

「琴里……」

士道は訴えかけるような視線で琴里を見た。本人を前に具体的な言葉は言いづらいが、これは相当に厳しい。十香の学力が合格水準に達する頃には、士道や折紙は上級生になってしまっているだろう。

琴里は、みなまで言うな、というように首を横に振った。

「もちろん、こっちとしても十香に合格してもらわなきゃ困るし、考えがないわけじゃないわ。──これを使ってちょうだい」

そしてそう言って、ポケットから小さな機械のようなものを幾つか取り出し、テーブルの上に並べてみせる。士道と十香は同時にそれを見つめた。

「ふむ……琴里、これはなんだ？」

十香が不思議そうな顔をしながら、小さなシールのようなものを指さす。すると琴里が腕組みしながら答えた。

「骨伝導インカムよ。耳の後ろあたりに貼っておけば、試験官に気取られることなく外部との通信が可能になるわ」

「では、これは？」

次いで十香が、コンタクトレンズの容器のようなものを示すと、琴里が続けて答えた。

「投影型ディスプレイよ。目に装着しておけば、直接網膜に画像、映像を映し出すことができるわ」

「これは……」

「お馴染み、自律カメラよ。こっちから回答を指示するにしても、まずは問題の内容を知らないといけないからね。羽虫程度の大きさだから、まず気づかれないわ」

「……って、全部カンニンググッズじゃねぇか!?」

士道が悲鳴じみた声を上げると、琴里は半眼を作りながら肩をすくめてきた。

「やぁねぇ。どれもまだ『表』の技術では実現不可能なレベルよ。万一見つかったとしても、まず間違いなく不正は立証されないわ」

「そういう問題か!?」

などと、士道と琴里が言い合っていると、それらの装置を矯めつ眇めつ見ていた十香が顔を上げてきた。

「——ありがとうだ、琴里。だが、これらは使えない。シドーたちは努力して大学に合格したのだろう? ならば、私も自分の力で頑張らねば道理が通らない」

十香の言葉に、そして、その決意に満ちた表情に、今度は士道と琴里が目を合わせる番であった。

「十香——」

一瞬、何と答えるべきか迷ってしまう。確かに露見しないとはいえ不正は不正であるし、今まさにそれを指摘したのは士道自身である。だが実際問題、これを使わねば十香が特別入試に合格できる可能性は非常に低いと言わざるを得なかった。それに、高校への編入は〈ラタトスク〉の手回しで何とかしていたのだ。今さら——

「……いや」

士道は静かに首を横に振った。

十香の真っ直ぐな視線に見据えられては、そう返す他なかったのである。

何もわからぬまま高校に編入が決まっていたあのときとは事情が違う。十香は成長し、社会常識も身につけた。そして目の前に選択肢が示された上で、答えを出したのだ。ならば士道が、それを否定することなどできようはずがない。

「うん、そうだな。十香の言うとおりだ。ちゃんと自分の力で頑張るべきだよな。——もし望み通りの結果にならなかったとしても、それが唯一、自分に誇れるやり方だ」

士道はそう言うと、ほうと小さく息を吐いた。

「ま、どんな結果になったとしても、夜は一緒にご飯を食べるんだ。今と何も変わらないさ。地道に学力を上げて、いずれ合格すればいい」

「何眠たいこと言ってるのよ」

が、琴里は半眼を作ると、ぴしゃりと士道の額を叩いてきた。

「てっ、何すんだよ琴里。十香が嫌がってるんだから、カンニングなんてするわけにはいかないだろ」

「……その点に関しては異存ないわ。一応確実な手段として用意はしたものの、十香の意に反することはしたくないもの。――でも、後半に関しては看過できないわね」

「後半……って」

士道が眉根を寄せると、琴里は大仰に手を広げてみせた。

「どんな結果になったとしても？　いずれ合格すればいい？　冗談じゃないわ。〈ラタトスク〉の名にかけて、十香には必ずこの特別入試に合格してもらうわよ」

「む？」

その言葉に、十香が目を丸くする。琴里は芝居がかった調子でビシッと十香に指を突きつけ、続けた。

「十香。あなたの考えはよくわかったわ。でも、この方法が使えないとなると、残された手段は一つだけ。試験までの猛勉強のみよ。きっと今までの方法とは比べものにならないくらい、過酷なカリキュラムになるでしょう。――その覚悟はある？」

十香は微かな逡巡さえ見せず、ぐっと拳を握りながらうなずいた。

「――うむ。シドーと一緒に学校に通うためなら、どのような試練でも乗り越えてみせよう！」

それを受けて琴里がニッと唇の端を上げる。

「その意気やよし。ならこっちも、本気でいかせてもらうわ。――お願い！」

そして高らかに声を発すると、合図をするかのように、手をパンと打ち鳴らした。

すると次の瞬間、多目的スペースの扉がゴゴゴゴ……と開き、二つの人影が部屋に入ってきた。

「折紙——それにマリア！」

その二人の姿を見て、士道は思わず声を上げる。

そう。部屋に入ってきたのは、士道の同級生・鳶一折紙と、空中艦〈フラクシナス〉のAI・マリアだったのである。なぜか双方縁の細い眼鏡をかけ、かっちりしたスーツに身を包んでいる。折紙の方は手に問題集と教鞭、マリアの方は、低周波治療器の親玉のような、謎の機械を携えていた。

「お、おお……？」

そのただならぬ雰囲気に、十香がたじろぐように一歩後ずさる。が、二人は意に介した様子もなく、ツカツカと十香の元へと歩みを進めると、その両手をがっしりとホールドした。

「話は聞かせてもらった。あとは私たちに任せて。必ずあなたを合格させてみせる」

「はい。わたしたちの手にかかれば、一週間後には十香を超えたスーパー十香になっているはずです。安心してください。後遺症などは確認されていません」

「いや一体何するつもりだよ⁉　ていうか折紙の方はともかく、マリアが持ってるそれ何だ⁉」

士道は思わず叫びを上げた。が、折紙とマリアは構うことなくざりざりと十香を引きずっていく。

「大丈夫。何も恐れることはない」

「そうです。身を委ねてください」

「おおおおおおおっ⁉　ど、どこへ行くのだ二人とも……⁉」

「と、十香ぁぁぁぁっ⁉」

士道の声も虚(むな)しく、多目的スペースの扉はバタンと閉じられてしまった。

◇

十香が折紙とマリアに連れていかれてから、一週間の後。

士道は元精霊の少女たちとともに、彩戸大学の正門前に佇(たたず)んでいた。

皆の表情から窺(うかが)えるのは、微かな緊張。とはいえそれも無理はあるまい。――何しろ今日は、十香の特別入試が行われる、運命の日だったのだから。

実際、士道も皆と同じ顔をしている自覚があった。結局あのあと、士道は十香と一度も顔を合わせることができていなかったのである。

一応、朝昼晩と食事の差し入れはしていたものの、勉強の妨げになるからということで面会は許されず、料理のみを手渡す形となってしまっていた。それゆえ、今十香がどんな状態なのか、士道も予想が付かなかったのだ。

「十香さん、大丈夫でしょうか……」

四糸乃が心配そうな顔をしながら、祈るようにきゅっと手を握る。それに応ずるように、隣にいた七罪がぽりぽりと頬をかいた。

「……ね。浪人決まってる状態で卒業式とか、こっちも素直に祝いづらいし、もしヤバそうなら合否が確定する前にやっちゃいたいんだけど……」

「はは……」

その言葉に、士道は汗を滲ませながら苦笑した。

確かに七罪の懸念ももっともである。この一週間、彼女らは十香のプチ卒業式のため、会場を彩る花飾りやパネル作りに精を出していた。せっかくなら晴れやかな状態で式に臨み、心から喜んでほしいところだろう。

全ては、試験の結果次第である。あの折紙とマリアが付いているのだ。勝算があると信じたいが――

「──むん、来たのじゃ」

と、そこで六喰の声が聞こえ、士道は弾かれるように顔を上げた。

道の向こうから、ゆっくりとした速度で、黒塗りの車が走ってくる。──間違いない。

士道たちも幾度か乗ったことのある、〈ラタトスク〉所有の車両だ。

やがて車は士道たちの前で停車したかと思うと、静かにその扉を開けた。後部座席から
折紙とマリアが、助手席から琴里が降りてくる。

「待たせたわね、みんな」

「いや──それより、十香は？」

緊張した面持ちで士道が問うと、琴里は無言のまま、後部座席を示すようにあごをしゃくった。

皆の視線がその動作に従って、そちらに注がれる。

するとそれに合わせるように、車の後部座席から、一人の少女が降りてきた。

「……へ？」

その姿を見て、士道は呆けたような声を発してしまった。

だがそれも当然だ。確かにそこに現れたのは夜刀神十香その人だったのだが──なぜか
髪をビシッとしたアップに纏め、ハイヒールを履き、銀縁の眼鏡をかけていたのである。

ついでに、やたらと背筋がピンと伸びており、表情には余裕が、その双眸には知性の輝きが感じられた。

そう。有り体に言うと——いつもの十香より、妙に頭が良さそうに見えたのである。

「と、十香……だよな？」

「ええ、お久しぶりです五河さん」

「…………………………ん？」

爽やかな微笑とともに発された言葉に、士道は首を捻った。

別におかしなことを言われたわけでもないのだが、何だか凄まじい違和感を覚えてしまったのである。

「べ、勉強は……どうだったんだ？」

「Leave it to me. Nothing I can't handle——」

「……なんて？」

「おっと失礼。つい英語が。——任せてください、今の私に解けない問題はありません」

「そ、そうか……」

士道は自分を落ち着かせるように深呼吸をすると、ちょいちょい、と折紙とマリア、琴里に手招きをした。

そして三人が寄ってきたところで、すうっと息を吸い、声を発する。

「――もはや別人じゃねぇか⁉　何したらこんなになるんだよ⁉」

士道が叫ぶと、折紙とマリアはすす……と視線を逸らした。

「ただ熱心に勉強を教えただけ。十香の吸収力には驚いた」

「折紙の言うとおりです。特別なことといえば、顕現装置と休眠ポッドの併用によって勉強時間を極限まで圧縮し、日に三〇〇時間の勉強という矛盾を成立させたことくらいしか思い当たりません」

「明らかにそれが原因だよな⁉」

士道が悲鳴じみた声を上げていると、琴里がそれを宥めるように手のひらを広げてきた。

「ま、まあ……さすがに私もここまで効果が出ちゃうとは思わなかったけど、あくまで一時的なものだから大丈夫よ。一気に知識を詰め込んだことによって、ちょっとハイになってるだけだと思うわ」

「そ、そうなのか……？」

士道は訝しげな顔をしながら十香の方をちらと見た。モデルのような足取りで一歩歩くたび、眼鏡をクイクイとやっていた。……確かになんだか大丈夫そうな気がしてきた。

「……まあ、それならいいけど……ここまで変化が表れたってことは、試験の方は期待していいんだな?」

士道が言うと、琴里ではなく十香が直接応えてきた。

「ええ。筆記試験はもちろん、面接対策も万全です。如何(いか)なる質疑にも対応できるよう、主立った世界情勢から、学部の専門知識、教授好みの冗句(ジョーク)や諧謔(ユーモア)まで、あらゆる話題を網羅しています。不安な点があるとすれば、面接官が私の知識に付いてこられるか否(いな)かくらいのものでしょうか」

などと、アメリカンコメディのようなオーバーリアクションで、十香が肩をすくめてみせる。その鼻持ちならない言動に、士道は眉根を寄せながらマリアの方を見た。

「……なんかマリア・ジュニアみたいなこと言い出したんだけど……」

「そんな。わたしと士道の子供だなんて」

マリアがポッと頰を赤らめる。士道は額に汗を滲ませながら半眼を作った。

「その場合、もう一人の親は折紙なんだよなあ……」

まあ、とはいえ、そこまで言うのならば結果は期待できそうである。士道は複雑な心境ながらも、とりあえずは安堵(あんど)の意を示した。

「さて、そろそろ時間ですね。では、行ってきます。皆さんは家で吉報を待っていてください」

　そう言って十香が眼鏡の位置を直しながらフッと微笑み、肩で風を切るように颯爽と大学の門を潜っていく。

　が、そのとき。

「——きゃっ!?」

　慣れないハイヒールとモデルウォークが祟ったのか、ちょうど門のレールを跨ごうとしたところで、十香が足を絡ませ、派手にずっこけてしまった。

「と、十香!?」

「大丈夫ですか……っ!?」

「うわ、モロに顔から。痛そ……」

　士道と少女たちは、慌てて地面に突っ伏した十香のもとに駆け寄った。すると十香が、それに応えるようにヒラヒラと手を振りながら身を起こす。

　顔や服は汚れてしまったものの、怪我はないらしい。その様子に、士道はほうと息を吐いた。

「おいおい、大丈夫か？　ほら、ハンカチで顔拭いて」

「……むぅ、すみませんですシドーさん。大事ありませんです。——では改めて、行ってくるぞです！」

「ああ、頑張ってな！」

「うむ！」

十香が元気よく手を振って、大学の校舎へと歩いていく。士道は大きく手を振り返しながら、その背を見送った。

が、十香の背が見えなくなったあたりで。

「…………………あれ？」

なんだか妙なことが起こった気がして、士道は首を傾(かし)げた。

◇

「…………」

彩戸大学常勤講師にして特別入試試験官・長角静(ながすみしずか)は、目の前で展開される妙な光景に釘付(くぎづ)けになっていた。

いや、そもそもの話をすれば、今日この日自体が異様な日ではあったのだ。急遽(きゅうきょ)実施された『特別入試』。少なくとも、静がこの大学で働き始めてからこんなことは初めてだった。

だがそれに輪を掛けて、その特別入試の受験生が、何とも不思議な少女だったのである。

名前は確か、夜刀神十香。人間離れした美しさと、溢れんばかりの自信に充ち満ちた少女だった。正直、教室に入って彼女を目にしたとき、一瞬目を奪われて呆けてしまったくらいに。

長いこと講師をやっていると、出来る生徒、出来ない生徒というのが、なんとなく見分けられるようになってくる。彼女が纏う雰囲気はまさに前者。伸びた背筋。瞳に灯る知性の光。入学式から間もない特別入試というイレギュラーな日程も、何かのっぴきならない事情があったに違いないと思わせるくらいの圧倒的な存在感が、彼女にはあった。

……の、だが。

「…………」

静はゴシゴシと目を擦った。

試験が開始されてからしばらく。なんだか十香の印象が、先ほどのものと随分変わっているような気がしたのである。

それこそ最初は、

(ふっ、如何な問題であろうと、私の敵ではありません)

といった雰囲気だったのだが、問題を解いていくに従って、

(……む？　この問題は……やったことが……ある……ような……？)

となり、

（………む、むぅ……）

となっていったのである。

喩えるなら、ヒビの入った器。それを満たしていた知識という水が、時が経つに従い、少しずつ少しずつこぼれ落ちていくかのような様子だった。

無論、試験中に声を発するのは御法度であるため、すべて静の想像に過ぎないのだが。

試験中盤には、頭が熱くなってきたのか、アップに纏められていた髪を解き、かけていた眼鏡まで外していた。どうやら伊達だったらしい。

そして、静が試験終了五分前を告げると、焦ったように目を泳がせ、鉛筆の側面に記号を記してコロコロと転がし始めた。……中学や高校の定期考査ならまだしも、大学入試の場ではあまり見ない光景だった。

「え、ええと……試験終了です。筆記用具を置いてください」

「ふは――――――――」

静がそう言うと同時、十香は大きく息を吐いて机に突っ伏した。

もはやその姿からは、試験開始時のような凛然たるオーラは微塵も感じられない。静は今目にした光景を不思議に思いながらも、答案用紙を回収した。

同日。彩戸大学A棟。特別入試・面接のために長机と椅子が配置された教室で。

集まった三名の面接官たちは、長机の上に並べられた当該受験者の入学願書を眺めながら、訝しげに会話を交わしていた。

「……夜刀神十香、一八歳。都立来禅（らいぜん）高校出身……ふむ、なぜ普通に入試を受けなかったのでしょう」

「病気治療のため、とあります。現在は完治して健康的には問題ないものの、ちょうど入学試験と手術が被（かぶ）ってしまったとかで」

「なるほど、それは気の毒に。……にしても、特別入試とは……一体何者なのでしょうね」

『…………』

面接官たちが無言になる。

しかしそれも当然だ。編入ならばまだしも、『特別入試』である。この夜刀神十香という少女が、よほどの重要人物ということだろうか。

有力政治家か大企業社長の息女か、はたまた某国の王族か――いずれにせよ、理事長がわざわざ便宜を図るほどの存在ということは間違いない。

「……もしかして、不合格にしたらまずかったりするのでしょうか?」

「い、いやいや。いくらなんでもそんな」

「そうですよ。それに、合否は面接の結果のみで決まるものではありませんし。我々はいつもどおり仕事をこなすだけです」

そう。入試において大きなウェイトを占めるのはあくまで筆記試験である。面接の印象が良かったからといって、筆記の点数が悪ければ合格とはならない。

まあ、もしも筆記試験の結果が合格ギリギリのボーダーラインであったなら……面接で合否が決定するということもあるかもしれなかったが。

と、面接官たちがそんなことを話していると、そこで部屋の扉がノックされた。

「……! まだ時間には少し早いようですが……」

「ま、まあ、そういうこともあるでしょう。――どうぞ」

面接官の一人が入室を促す。

するとゆっくりと扉が開き――予想外の人物が姿を現した。

齢(よわい)六〇ほどの、いかめしい面をした男性である。鋭い眼光に、見事な口髭(くちひげ)。背筋に鉄芯が通ったかのような堂々たる立ち姿は、教育者というよりも退役軍人といった方が適当であるように思われた。

「……⁉　が、学長⁉」

その姿を目にして、面接官は全員、弾かれたように立ち上がった。

そう。彼こそは、彩戸大学学長・大道寺政景その人だったのである。

「すまんね。──急な話で悪いが、この面接、私も参加させてもらえんだろうか」

「は……⁉　学長自ら、ですか……？」

面接官はたらりと汗を垂らした。それはそうだ。通常、試験の面接官は学部教授や准教授などが受け持つことが多く、学長が直接参加することなどそうはない。

やはりこの受験生は、よほどの大物だということだろうか。まかり間違っても不合格にしてはいけないくらいの──

『…………』

否。面接官たちは心中でその考えを否定した。大道寺政景は教育の鬼。如何な権力にも屈することはない。彼が現場に出向いてくるということはむしろ逆──この受験生が、相当な問題児である可能性をも示していた。

「ど、どうぞ。今席をご用意いたします！」

どちらにせよ、否という選択肢などあろうはずがない。面接官は慌てて新たな椅子を並べた。

「ああ、悪いね」

言って、学長が椅子に腰かける。座してなおその姿勢は微塵も揺らがない。面接官たちは顔に緊張を滲(にじ)ませ、背筋を伸ばした。まるで、面接官たちの方が受験生になってしまったかのような様相である。

――ほどなくして、面接の時刻がやってくる。扉が弱々しく二回ノックされた。

「ど、どうぞ」

面接官が言うと、ゆっくりと扉が開き――やたらと疲れ切った様子の少女が部屋に入ってきた。

「し、失礼……する……ます。夜刀神十香です……よろしくお願いする、です……」

そして奇妙な敬語でそう言って、くずおれるように椅子に腰かける。その様子に、面接官たちが眉をひそめた。

「……まだ座ってくださいとは言っていませんよ」

「む……そうだったか。そういえば琴里がそんなことを言っていた気がする。すまぬ、少しテストで疲れていたもので、忘れていたです」

その受け答えに、面接官たちがざわついた。

「まずはこちらの指示を待つのが普通でしょう？」

「それに、ノックは三回するのがマナーでは？」

　普通の面接であれば、面接官たちもここまで重箱の隅を突くようなことを言うことはなかっただろう。あとで減点くらいはするやもしれなかったが、本人を前にそれを指摘することはなかったはずだ。

　だが、今は状況が違う。面接官たちは、学長の前で粗相をされることを過剰に怖れてしまっていたのだ。

　十香が、申し訳なさそうに続ける。

「それはすまぬです。むう、しかし、マナーというのは人を不快にさせないためのものと聞いていたのだが……人はノックの回数一つで気分を悪くしてしまうのか。むつかしいなです」

「いや、あなたね……」

　面接官は言いかけて、言葉を止めた。

　理由は単純。それを遮るように、学長が声を発したからだ。

「然り。本質を見失うのは愚かなことだ。だが、社会ではよく見られることでもある。最初は人を慮って始まったものが形骸化し、それを為さぬものは不作法であると転じていく。ときには、作法が先に作られ、人が従うことさえある。──なぜだと思うかね」

学長が鋭い視線で十香を見つめる。

が、十香はさして緊張した様子も見せず、「む……」と考え込む仕草を見せた。

「……皆がいいことだと言っていると、いいことに違いないと思ってしまうからか？」

「そう。──考えぬからだ。それがなぜ良しとされていることかを熟考せず、盲目的に従うからだ。もう一つ加えるならば、不作法者を窘めるのが心地よいから、というのもあるかな。弊学の輩に、そのような人物はいないと信じたいところだが」

『…………』

学長の皮肉めいた言葉に、面接官たちは黙り込んだ。

構うことなく、学長が続ける。

「面接はいつしか、手順の定められた演舞となってしまった。だが、それを理解してなお弊学が面接を廃さないのは、これが入学希望者と直接話せる希有な機会であるからに他ならない。──幾つか質問をしよう。正直に答えてくれるかね」

学長の言葉に、十香は居住まいを正すと、すぅっと息を吸ったのち、学長の目を真っ直ぐ見返した。

「──うむ。わかった。一切言葉を偽らぬと約束しよう」

そして、凛(りん)とした声音でそう言う。……その後、思い出したように「……です」と付け足していた。

「では一つ目だ。君が弊学を志した理由とは何だね」

「友人たちが通っているからだ。とても大切な友だちだ。皆とともに学べたなら、どんなに素敵なことだろうと思った」

「ふむ、友人か。それは素晴らしい。ということは、この大学そのものにさしたる思い入れはないと」

「うむ。申し訳ないが。皆が別の大学に行っていたなら、その大学を志望しただろう」

十香が悪びれる様子もなくうなずく。面接官たちは呆気(あっけ)に取られたように目を丸くした。

まさか、面接で面と向かってそのようなことを口にするとは思わなかったのである。

が、学長はさして気分を害した様子もなくあとを続けた。

「では、なぜ普通に受験をしなかったのかな。わざわざこの時期に試験を受けようとした理由とは?」

「それは――」

十香は言いかけて、小さく首を振った。

「すまぬ。言えない」

「い、言えないって、あなたね……病気治療のためじゃないの？」

面接官の一人が、願書を示しながら言う。すると十香は静かに続けた。

「一切言葉を偽らないと約束した。だから、言えない」

「ふむ……なるほど」

学長は納得を示すようにうなずいた。

「まあいい。理由はともあれ、君は友人と大学生活を送るために、何としても合格したいというわけだ」

「うむ。その通りだ」

「――そのためには、不正をしても構わないと？」

学長が目を細めながら、底冷えのするような声音で言う。その言葉に、語調に、面接官たちは思わず息を詰まらせた。

『……っ』

学長の言葉は、冗談や揺さぶりで言っているようなものには聞こえなかった。それこそ、実際に不正の証拠を摑んでいるか――大学側に何らかの根回しがあったかのような様子である。

だが、彼はその上で、見定めようとしているようでもあった。

――今日の前にいる少女が、この学府の門をくぐるに相応しい人物であるかを。

十香は、視線を逸らすことなく答えた。

「琴里が用意してくれた手段のことであれば、断った。皆が努力したのに、私だけが何もしなかったなら、きっと後悔してしまうだろうと思ったからだ。

だが――そうだな。この試験を受けられたこと自体が不正と誹られるのならば、返す言葉もない。正規の試験を受けられない事情があったとはいえ、便宜を図ってもらったのは事実だ。琴里たちには悪いが、来年また出直すとしよう」

「…………」

学長は、思考を見透かすようにじっと十香の目を見つめていたが――

やがてふっと頬を緩めると、小さく息を吐いた。

「では、最後の質問だ。――君は、学ぶことが楽しいかね？」

「――うむ！」

十香は、満面の笑みを浮かべ、元気よくうなずいた。

運命の特別入試から数日後。

士道は十香、琴里と連れ立って、母校である来禅高校を訪れていた。

「おお——体育館だ！　懐かしいな！」

十香が、全身で喜びを表現するように両手を大きく広げながら声を弾ませる。

その様子は、士道の知るいつもの十香そのものであった。試験当日の言動は、琴里が言ったとおり、一気に知識を詰め込んだ結果のオーバーフローのようなものだったらしい。あのあと——というか、試験を終えて帰ってきた頃には既に——元の十香に戻っていた。

十香が今身に纏っているのは、慣れ親しんだ高校の制服である。今日このときは、その制服こそがもっとも相応しい装いということができた。

そう。今日は待ちに待った十香のプチ卒業式の挙行日であり——琴里がその会場として用意したのが、何を隠そう、本物の卒業式が行われた、来禅高校の体育館だったのである。

「にしても……よくこんな場所押さえられたなあ」

士道が感心と呆れがない交ぜになったような息を吐きながら言うと、左方にいた琴里が、口にくわえたチュッパチャプスの棒を揺らしながら答えてきた。

「まあ、今日は休日だしね。事情を話したら快く提供してくれたわ」

「でも、休みって言っても、バスケ部とかバレー部とか練習あったんじゃ」

「ああ、それは——」

琴里はそこで言葉を止め、意味深に笑った。

「まあ、いろいろとね」

「いやなんだよ気になるな。妙な真似してないだろうな」

「してないわよ。私のことなんだと思ってるのよ」

琴里は小さく頬を膨らすと、十香の方に視線を向けた。

「それより、そろそろ時間よ。──さ、十香。みんなはもう中で待ってるわ。主役の姿を見せてあげなさい」

「うむ！」

十香は大きくうなずくと、体育館の入り口に向かって歩いていった。

士道は十香の背を追いながら、隣を歩く琴里に声をかける。

「でも、こんなに大きい会場だと、逆に寂しくならないか？　俺も殿町や山吹たちに声かけたけど……全部入れても三〇人くらいだろ？　結構閑散としちまうんじゃ……」

「──そう思う？」

士道の言葉に、琴里がニッと微笑んだ。

するとそれに合わせるように、十香の手によって体育館の扉が開け放たれ──

次の瞬間、地を揺るがすような万雷の拍手と大歓声が、士道たちの身体を叩いた。

「おお……！」

「うおっ⁉」

士道は思わず身を竦ませた。

体育館の中には、それこそ数え切れないくらいの人が犇めいていたのである。

四糸乃や折紙をはじめとした元精霊の少女たちや、殿町や亜衣麻衣美衣といった元クラスメート、タマちゃんといった教師陣、それに〈フラクシナス〉クルーなどはまだわかる。だが、その他にも、クラスや学年の違う生徒たちや、他校の生徒たち、果ては十香がよく通っていた商店街の店主たちや、定食屋の主人など、老若男女様々な人々が、笑顔で十香を出迎えていたのだ。よく見ると、今日ここで練習があったであろうバスケ部やバレー部の面々も見受けられる。

「こ、これは……」

士道が呆気に取られていると、琴里が小さく肩をすくめてみせた。

「声をかけた人がまた声をかけ……って感じで、膨れあがったみたい。──見くびってたつもりはないけど、私たちが思うよりずっと、十香はみんなに愛されてたってことね」

琴里の声は、後半がよく聞き取れなかった。

それもそのはず。十香が手を振りながら会場に入っていくと、歓声が一際大きくなったのである。

「うおおお！　十香ちゃぁぁぁん！」

「元気になってよかったぁぁぁぁぁっ！」

「好きだぁぁぁぁぁぁぁぁぁぁぁっ！」

などと、アイドルのライブもかくやという大歓声が、体育館に巻き起こる。ちなみに最後の絶叫は元クラスメートの殿町宏人のものだった。すぐさま隣にいた藤袴美衣にどつかれていた。

「皆、ありがとうだ！　会いたかったぞ！」

十香は皆の歓声に全身で応えるように大仰に手を振ると、体育館中央に作られた道を通って、用意された座席に腰かけた。

「士道、私たちも」

「あ、ああ」

士道と琴里はそれを見届けたのち、折紙たちが座っている辺りに回り込んだ。

体育館の中は、手作りの造花や、折り紙で作られた輪飾りなどで可愛らしく装飾されている。壇上には『卒』『業』『お』『め』『で』『と』『う』のカラフルな文字パネルが張り付けられていた。四糸乃たち装飾班の仕事だろう。

厳かな卒業式というより、手作り感溢れるお誕生日会といった風情だったが——この場には、むしろその方が相応しいように思われた。四糸乃と目が合った際にグッと親指を立てると、彼女は恥ずかしそうに頬を染めながら親指を立て返してきた。

『——えー、ご静粛に。皆様、お集まりいただきありがとうございます。ではこれより、夜刀神十香、プチ卒業式を執り行います』

スピーカーから、そんな声が聞こえてくる。壇の脇を見やると、マイクの前に〈ラタトスク〉副司令・神無月恭平の姿があることがわかる。無論今は軍服ではなく、仕立てのいいダークスーツに身を包んでいた。

「——きゃー！　キョンキョンかっこいぃー！」

などと、段々と静かになっていく会場に、そんな声が響く。——客席にいた岡峰改め神無月珠恵教諭が、黄色い声を上げていた。どうやら神無月は家でキョンキョンと呼ばれているらしい。

「あ……っ」

思いの外響いてしまった声に、珠恵が頬を赤らめる。が、神無月は恥じ入ることなく「ありがとうマイハニー」と応えて、客席から声援と冷やかしを受けていた。

『ありがとうございます。では、来賓代表より、祝辞をいただきたいと思います——』

そうして、十香の卒業式は幕を開けた。

とはいえ、別段格式張ったものではない。来賓代表の祝辞といっても、希望者が順に壇上に立って、十香との思い出話を語るなり、歌を歌うなり、ダンスを披露するなりと、思い思いの出し物をするだけだ。祝辞というより隠し芸大会と言った方が適当だったろう。終盤には定食屋の店主が店の宣伝をしていた。どうやら来週から新メニューを出すらしく、十香がごくりとのどを鳴らしていた。

そして、大盛り上がりのままに時は過ぎ——

『——それでは、卒業証書授与に移りたいと思います。マイハニー——ではなく、神無月珠恵先生。壇上へどうぞ』

司会の神無月が登壇を促す。すると珠恵がビクッと肩を震わせたのち、ロボットのような動きで登壇した。どうやら、校長の代わりに元担任の珠恵が十香に卒業証書を渡す運びであるらしい。なるほど、納得の人選ではあった。

『では、卒業生、夜刀神十香さん』

「うむ！」

十香は高らかに声を上げると、微塵も緊張を見せず、壇へ登った。

そして壇上にて、十香と珠恵が向かい合う。珠恵は演台に用意されていた卒業証書を手に取ると、マイクに向かって声を発し始めた。

『えぇ……そ、卒業証書。夜刀神十香殿。あなたは、本校――』

が、緊張を滲ませながらも文字を読み上げていた珠恵の声に、やがて洟を啜るような音が混じり始めた。

『う……っ、えぇ……す、ずびばぜん……や、夜刀神ざんが……ちゃんど卒業でぎるって思っだら……う、ううぅ……』

珠恵が表情を歪め、ぽたぽたと大粒の涙を零す。卒業証書を汚すまいとしてか、一歩後ずさってから目元を擦った。

「タマちゃん先生……」

その様に、士道は目を細めた。約一年前、十香がこの世界から消えてしまったあと、やむを得ず健康上の理由での休学という扱いにしていたのだが――事情を知らぬ珠恵には、随分と心配をかけてしまっていたらしい。

「大丈夫か、タマちゃん先生。泣かないでくれ」

「ご、ごべんなざい……ちょ、ぢょっど無理がもじればぜん……」

十香が心配そうに膝を折り、珠恵の背を撫でると、珠恵は感極まったようにより激しく涙を流し始めてしまった。

だが、このままでは式が終わらないと考えたのだろう。珠恵は手の甲で目を擦りながら、客席の方を指さしてきた。

「わ、わだじの代わりに……夜刀神ざんに卒業証書を……

――五河くん、お願いじます……」

「…………えっ⁉」

突然の指名に、士道は思わず素っ頓狂な声を上げてしまった。

「お、俺ですか⁉　なんでまた……他の先生とかの方が――」

士道が慌てていると、不意にその背がバンと叩かれた。――琴里だ。

「いいじゃない。行ってきなさいよ、おにーちゃん」

言って、面白がるように笑みを作る。否、琴里だけではない。来賓席に座った元精霊の少女たちも皆、士道を後押しするようにうなずいていた。

「呵々、タマちゃんも粋な計らいをするではないか」

「首肯。確かに、士道より相応しい人選は思い浮かびません」

「むん。頑張るのじゃ、主様」

「みんな……」

士道は皆の顔を順に見回すと、最後に壇上の十香に目をやった。

「…………」

十香が、無言のまま、しかし力強くうなずいてくる。

それを見て、ようやく腹が決まった。士道は大きく深呼吸をすると、ぐっと足に力を入れ、ゆっくりと椅子から立ち上がった。

「──わかりました。謹んで務めさせてもらいます」

士道が珠恵の言葉に応えるように言うと、会場からわぁっと歓声が巻き起こった。

「おおおおお！　いいぞー！　やっちまえー！」

「五河くん頑張ってー！」

「くそぉぉおっ！　最後まで美味しいとこ持っていきやがってー！」

「おまえばっかりずるいぞぉぉぉぉ！」

「死ねぇぇぇぇっ！」

「おいこら最後の方声援じゃないだろ⁉」

士道は来賓席からの声に叫び返しながらも、神無月に支えられて壇上から降りる珠恵と入れ替わりになる格好で、壇上へと登っていった。

そして、演台を挟んで十香と向かい合う。

「──ふふ、なんだか不思議な感じだな」

「……ああ、まったくだ」

士道が肩をすくめながら言うと、十香はふっと頬を緩ませた。

「だが……なぜだろうな。心のどこかでこれを望んでいた気がする。──頼む、シドー」

「十香──」

士道は十香の言葉に「ああ」と力強く応えると、先ほどの珠恵に倣うように、卒業証書を手に取り、マイクに向かった。

そして、大きく息を吸ったのち、声を響かせる。

『──卒業証書。夜刀神十香殿。あなたは本校普通科規定の科目を修得したことを証明します！』

すると十香は、その文言を全身で感じ入るように目を伏せたのち、ゆっくりと手を伸ばし、士道の手から卒業証書を受け取った。

「おめでとう、十香」

「うむ、ありがとうだ、シドー」

十香は嬉しそうに微笑むと、今し方士道から受け取った卒業証書を皆に示すように、天高く掲げてみせた。

「やったぞ、皆！　卒業だ！」

『──おおおおおおおおおおおおおおおおおおおおおおっ！』

大きな歓声が、体育館を包み込む。窓ガラスがビリビリと震え、天井が微かに軋んだ。

まったく、最後の最後まで型破りな卒業式である。士道は思わず破顔すると、パチパチと手を叩き、十香を祝福した。

「……ん？」

と、そこでピクリと眉を動かす。いつの間にやら壇のすぐ下に琴里の姿があり、ちょいちょい、と小さく手招きをしてきていたのだ。

「どうかしたか、琴里」

士道は膝を折ると、顔を琴里に近づけながら問うた。大歓声のため、そうしなければ互いの声が聞き取れなかったのである。

「──これ。せっかくだから一緒に読み上げてあげて」

琴里は少し声を張るようにしながら、ポケットから一通の封筒を取り出し、士道に手渡してきた。

「これは……」

既に封は開いていた。士道は封筒の中に入っていた紙を取り出すと、その紙面に視線を落とし──

「……琴里、おまえなあ」

ふっと微笑みながら、琴里に半眼を向けた。琴里がそれに返すように、「最高のタイミングでしょ？」と悪戯っぽい笑みを浮かべてくる。

士道はその紙を手にしたまま立ち上がると、未だ興奮冷めやらぬ体育館に、再び声を響かせた。

『──夜刀神十香殿！』

「む？」

微かなハウリング混じりの大音声がスピーカーから流れ、会場中の視線が士道に集まる。

士道は心地のよい緊張と高揚を感じながら、手にした紙に記された文面を、淀みなく読み上げげた。

『──あなたは彩戸大学社会学部に合格しましたので、通知いたします！　彩戸大学学長、大道寺政景！』

そして、先ほどの十香よろしく、手にした紙──彩戸大学の合格通知書を、高らかに掲げてみせる。

一瞬の静寂のあと──

今日一番の大歓声が、体育館を震わせた。

◇

「――はーい！　皆さん、もっとぎゅっと密集してください！　端っこの方入ってませんよ！　あっ、駄目です美九さん、ぎゅっととは言いましたけどお触りは禁止です！」

そんな指示に従って、士道たちはぎゅうと身を寄せ合った。数百人規模の押しくら饅頭である。周囲から伝わってくる満員電車のような圧力に、思わず苦笑してしまう。

とはいえそれも仕方のないことではあった。大盛り上がりの中卒業式を終えた士道たちは、十香を中心に記念写真を撮ることにしたのだが――あまりの人数の多さに、普通の撮影方法では全員を収めることができなかったのである。

士道たちは今、体育館を出、来禅高校の校庭に集合していた。

皆が視線を送るのは校舎の屋上。そこには今、大きなカメラを構えた神無月がおり、身振り手振りを使って皆に指示を発していたのである。

「あー、はいはい！　良い感じですよ皆さん！　ああ、その中心のぎゅうぎゅう具合とかたまりませんね！　是非もみくちゃにされたいです！　学生時代満員電車に揉まれたくて、あえて家から遠い学校に通っていました神無月恭平です！」

などと、冗談めかした口調で笑いを誘う。大半の参加者はジョークだと思っていたようだったが、〈ラタトスク〉関係者だけは「実話っぽい」と乾いた笑いを浮かべていた。

「では撮りますよ！　あ、十香さん、もっと卒業証書を広げてください！」

「む、こうか？」

神無月の指示に従い、十香が卒業証書を掲げてみせる。が、スペースに余裕がなく上手くいかなかったらしい。むう、と小さく唸ってくる。

「シドー、すまぬ。そちら側を持ってくれ」

「よしきた。……って、これだと俺も一緒に卒業したみたいだな」

「ふふ、いいではないか。シドーのおかげで卒業できたようなものだ」

十香が微笑みながら言ってくる。士道は小さく苦笑すると、卒業証書の右端を持ち、カメラに向かって広げてみせた。

「ああいいですね！　ではそのまま――」

と、シャッターが切られる寸前。

「なあ、シドー」

十香が、隣にいる士道にしか聞こえないくらいの声で、囁くように言ってきた。

「ん、どうした？」

「──大好きだぞ」

「え？」

瞬間、シャッターが切られ──

皆が満面の笑みを作る中、士道は一人呆気(あっけ)に取られたような顔で、記念写真に収められてしまったのだった。

八舞トライアド

TriadYAMAI

DATE A LIVE ENCORE 11

「…………………………は？」

たっぷり一〇秒は間を置いて。

五河士道は、呆然とした声を発した。

まったく予想外の事態に晒されたとき、人は一瞬、何も反応ができなくなってしまうものである。

なぜそのようなことが起こったのか。そもそもそれは何なのか。一体どう対処すればよいのか――今までの記憶や体験からそれらの解を導き出そうとしてか、脳がオーバーフローを起こしてしまうのだ。

士道もまたその例に漏れず、しばしその場に立ち尽くしてしまっていた。

だが、それも無理からぬことだろう。士道と同じ状況に置かれれば、誰でも似たような反応をするに違いない。

何しろ――

「苦笑。おや、久方振りに顔を合わせたというのに、随分な挨拶だね。これでも今日のために、少しはめかし込んで来たつもりなのだが。

――ふ。いや、むしろ僥倖と喜ぶべきかな？　少なくとも、君のその表情と対応を以て迎えられる相手は、わたしをおいて他にはいないだろうから」

——絶対にこの場に現れるはずのない人物が、そこに立っていたのだから。

士道より上背のある、長身の美女である。すらりと伸びた手足に、スーパーモデルもかくやという抜群のプロポーション。可愛らしさと精悍さが同居した端整な面は、今悪戯っぽい笑みに染まっていた。

間違いない。間違えようがない。

士道は確かに、彼女の名を知っていた。

「や……八舞……？」

士道が、信じられないといった調子でその名を呼ぶと。

「返答。ああ、会いたかったよ、士道」

少女——風待八舞は、屈託のない笑みを浮かべて、そう返してきた。

◇

「盟約の時来たれり！　電脳の天使が破滅への序曲を奏でた！　新たなる戦場が汝を待つだろう！　栄光を望むならば、疾く我が手を取るがよい！」

衝撃的な再会の一日前。彩戸大学のキャンパスで。

士道がスマートフォンに視線を落としながら課題の確認をしていると、突然前方からそんな声が聞こえてきた。

聞き慣れた声に、特徴的な言い回し。――誰かを確認するまでもない。士道はゆっくりと顔を上げながら、それに返答した。

「ああ、ゲーセンに新しい筐体が入ったのか？　いいよ。明日なら空いてるし、行ってみるか」

「おおっ⁉」

士道が言うと、そこにいた人物が、驚いたように目を丸くしながら叫びを上げた。

綺麗に編み込まれた髪に、活発そうな顔立ち。その全身を、黒をベースにした衣服と、シルバーアクセサリーで飾った少女である。

八舞耶倶矢。かつて士道とともに戦った元精霊にして、士道と同じく彩戸大学に通う大学一年生だ。

「よ、よもや我が真言を、こうも事も無げに解読するとは……士道、御主、知らぬ間に腕を上げたな？」

「いやまあ、なんだかんだ付き合い長いし、なんとなくはな。……ていうか、通じてない自覚あるなら最初から普通に喋ればいいのに」

士道が苦笑しながら言うと、耶俱矢の隣に控えていた少女が、感慨深げに腕組みした。

「賞賛。今のは耶俱矢語準一級レベルの問題です。士道がここまで耶俱矢語に習熟するとは。夕弦も鼻が高いよ……です」

言って、うんうんとうなずく。

耶俱矢の双子の姉妹、八舞夕弦である。耶俱矢と瓜二つの顔をしているのだが、耶俱矢とは対照的に、淡いパステルカラーのブラウスとロングスカートを纏っているため、高校時代よりも大分見分けはつきやすくなっていた。

「複雑。ですが、通訳としての仕事がなくなってしまうことに、一抹の寂しさを覚えなくもありません。これが雇用が奪われるということでしょうか。これは責任を取って、永久就職させてもらう他ありませんね」

「どさくさに紛れて何言ってんの⁉」

夕弦の言葉に、耶俱矢が声を裏返らせる。夕弦はふっと不敵な笑みを浮かべてみせた。

「披露。マスター折紙直伝、不意打ちストロベリーワードです。ドキッとする発言を会話に織り込むことにより、相手に自分を意識させるのです。なお、やりすぎると二亜のように、何を言っても冗談っぽく聞こえてしまうようになるそうです。濫用はよくありません」

「な、なるほど……」

耶倶矢がスマートフォンのメモに、素早く夕弦の言葉を書き留める。が、すぐにハッと肩を揺らすと、大仰に格好いいポーズを作ってきた。

「と、とにかくだ！　盟約は交わされた！　太陽が頂に輝く時、鉄馬集いし要衝にて水神の加護を得よ！」

「ん、一二時に駅の噴水前な。了解」

「指摘。今のは準二級問題といったところですね。今の士道には少し簡単すぎたのでは？」

「う、うるさいし！　ていうかさっきから思ってたけど、その等級なに⁉　人の喋り方勝手にランク付けしないでくれる⁉」

「……⁉　狼狽。今のはどういう意味でしょう。ネイティブスピーカーの夕弦でも理解できないとは……特殊なスラングかもしれません。公衆の面前であまり卑猥なことを言わないでください」

「普通に喋ってるだけなんだけど⁉」

耶倶矢が悲鳴じみた声を上げて夕弦の肩を揺する。夕弦はぐらんぐらんと頭を揺り動かされながらも、堪えきれないといった様子で含み笑いを漏らしていた。

「はは……」

大学生になっても、相変わらずな二人である。士道は奇妙な感慨に、ふっと頬を緩めた。

——きっとこの二人は、これから先の長い人生、たとえ何があろうとも、ずっとこの調子でいられるのだろう、と思えてしまったのである。

そんな士道の思考が読まれたというわけではあるまいが、思いの外(ほか)表情に出てしまっていたらしい。耶倶矢と夕弦が怪訝(けげん)そうな顔をしながら士道の方に視線を向けてくる。

「……何、その生暖かい目」

「怪訝。孫を見る祖父のような顔です」

「ああいや、何でもないよ。——それより、明日一二時な」

士道が誤魔化すように言うと、二人は疑わしげな顔をしながらも返してきた。

「然(しか)り。努々(ゆめゆめ)遅れるでないぞ」

「追記。一秒遅れれば、夕弦たちといられる時間が一秒少なくなってしまいますからね」

「そりゃそうかもしれないけど、一秒単位って随分シビアだな……」

士道は苦笑しながら言った。

すると二人が、やれやれと肩をすくめてくる。

「くく、時間の重要性をわかっておらぬようだな。八舞は常に進化し続けておる」

「同調。のんびりしていては、貴重な夕弦たちの一瞬を見逃してしまいますよ。明日の新しい夕弦たちに乞うご期待です」

耶倶矢と夕弦はバッと左右対称に格好いいポーズを取ると、そのままキャンパスを駆けていった。

「新しい耶倶矢と夕弦……か」

ややオーバーな表現ではあるが、言っていること自体は理解できなくもない。

士道は一日一日をしっかり噛み締めようと改めて自覚しながら——とりあえずは課題の確認作業に戻った。

◇

「——って、いくらなんでも新し過ぎるだろ⁉」

翌日。駅前広場の噴水前で。

我に返った士道は、目の前に現れた少女に、絶叫じみた声を上げた。

辺りを歩く通行人が、なんだなんだと視線を向けてくるが、今の士道にはそれを気にしている余裕さえなかった。

何しろ今目の前にいるのは——この世に存在するはずのない少女だったのだから。

「微笑。元気がいいのはよいことだ。だが、最初からそんなに飛ばしすぎていては、体力が保たないのではないかな？」

少女が、パチリとウインクをしながら言ってくる。なんとも気障な仕草ではあるのだが、その長身のためか、涼やかな双眸のためか、男の士道が思わずドキリとしてしまうくらいには様になっていた。

八舞。風待八舞。

士道はかつて一度だけ、『彼女』と会ったことがあった。

今年の三月、突如現れた謎の精霊〈ビースト〉。それとの戦いの際、一時的に霊結晶を取り戻した八舞姉妹が融合を果たした姿である。

だが、〈ビースト〉の帰還とともに、霊結晶は再び消え去った。耶倶矢と夕弦はそれぞれもとの身体を取り戻し、『風待八舞』の姿は永遠に失われてしまったはずだ。

「思案。ああ、そうか」

と、士道が唖然とした表情をしながら、八舞の頭頂から爪先までをまじまじと見つめていると、八舞が何かを察したように両手を広げてきた。

「遠慮はいらないよ。さあ、おいで」

「へ……っ⁉」

士道が素っ頓狂な声を上げると、八舞は不思議そうに首を傾げた。

「疑問。おや、再会の喜びを抱擁で表現したいのかと思ったのだが、違ったかな？」

「いやそれ以前の話だよ！　なんで風待八舞の姿になってるんだ!?」

「理解。ああ、そのことか。——はは、自分でもよくわからないのだが、朝起きたらこうなっていてね。昨日一緒に寝たからかな？　いつもは別のベッドを使っているのだが、耶倶矢が夜見たホラー映画を怖がってしまってね」

「どんな身体してるんだよ!?」

士道が叫びを上げるも、八舞はさして気にしていない様子だった。あっはっは、と軽い調子で笑ってくる。

「微笑。ところで、本当にいいのかな？」

「え？」

「ハグさ」

言って、八舞が大仰な仕草で、もう一度士道を誘ってくる。その際、一〇〇センチを超えているのではないかと思えるほどの豊満なバストが、ばるんっ、とダイナミックに揺れた。

「ぐ……!?」

甘い誘惑に、士道は頬を染めながらうなり声を上げた。

士道も健康な男子大学生。正直、お言葉に甘えて飛び込みたい気持ちがないといえば嘘になる。

だが、ここは天下の往来であるし、何より、八舞の記憶が耶倶矢と夕弦に引き継がれるのであれば、二人が元に戻ったとき、からかいの材料を与えてしまうことにもなりかねなかった。

「……い、いや。……遠慮しておくよ」

が、士道が鉄の意志で首を横に振ると――

「そうか。ではわたしだけさせてもらおう」

「へっ?」

八舞がぬっと手を伸ばしてきたかと思うと、次の瞬間、士道の顔は八舞の胸に埋められていた。そしてそのまま、情熱的にぎゅうと抱きしめられる。

「――むぅぅっ!?」

「念願。ああ、わたしも会いたかったよ、士道。いや、耶倶矢と夕弦としては毎日のように顔を合わせてはいるのだけれどね」

数十秒後。

士道はようやく解放された。

「おっと、すまない。あまりに再会が嬉しくてね」

「……い、いや……」

士道は、窒息のためか照れのためか、それともその両方のためか、真っ赤になった頬を軽く叩きながら顔を上げた。

するとハ舞が、腕組みしながら大仰にうなずいてくる。

「──さて、では行こうか」

「行く……？　って、一体どこに？」

「怪訝。異なことを言う。今日わたしたちが落ち合ったのは、ゲームセンターへデートに行くためだろう？」

「デートって……いやまあ、そうかもしれないけど」

士道はぽりぽりと頬をかいたのち、気を取り直すように頭を振った。

「でもそれより、〈ラタトスク〉に連絡を入れないと！　霊結晶もないのに、二人が風待八舞の姿になるなんて異常事態だ。ちゃんと調べてもらった方が……」

「推測。まあ、そう心配せずとも大丈夫だろう。多分だが、ベッドを二つ並べて、その真ん中で眠れば、翌朝には二人に分かれているのではないかな」

「だから何なんだよその不思議生物感！　スライムじゃないんだから！　ていうかもし本当にそうだとしたらそれこそ検査してもらわないとまずいんじゃないか⁉」

「ふむ……」

　士道が叫ぶように言うと、八舞はどこか寂しそうな顔をした。

「残念。士道はそんなに、わたしとデートするのが嫌かい？」

「う……。そ、そうは言ってないけど」

「耶倶矢と夕弦、二人いた方が、いろんなプレイを楽しめてお得だぜげっへっへ、と」

「絵に描いたような下衆（げす）！」

　八舞はふっと微笑（ほほえ）むと、少し遠くを見るような目をした。

「万感。以前は、ろくに挨拶もできないまま別れを迎えてしまったからね。君とこうして話すことは、わたしの悲願だった。

　――いやはや、如何（いか）な奇跡か偶然かわからないが、この世界は随分と気が利（き）いている。戦場でしか見（まみ）えることを許されなかった我らに、逢瀬（おうせ）の機会を与えてくれるとはね」

「八舞……」

「約束しよう。このデートが終わったなら、必ず〈ラタトスク〉に事態を報告すると。だから今は――今だけは、この奇跡に浸らせてはくれないか？」

「…………」

士道はしばしの間無言になると、やがて、細く息を吐いた。

そしてそのまま、ゆっくりと足を前に進める。

「士道──」

「ほら。新しい筐体(きょうたい)なんだろ？　早く行かないと並んでるかもしれないぞ」

「……！　ああ！」

八舞は嬉しそうに声を弾ませると、士道の腕を取り、ぴたりと寄り添うように身を寄せてきた。

「お、おい、くっつきすぎじゃないか？　歩きづらいし、なんかめっちゃ注目集めてるし……」

「披露。見せてあげればいいじゃあないか。それとも、わたしは君の横に立つに相応(ふさわ)しくないかな？」

先ほどのしおらしさはどこへやら。八舞がそう言って、ふふんと悪戯(いたずら)っぽい笑みを浮かべてくる。

士道は「おいおい……」と苦笑しながら、ゲームセンターへの道を歩いていった。

「く……っ、うぉぉぉぉおっ！　墜ちろぉぉおっ！」

円形のコックピットに乗り込んだ士道は、操縦桿を握りながら叫びを上げた。

大型のモニタに記されたカーソル目がけて、轟音と振動を伴いながら、機銃の弾が飛んでいく。

『享楽。やるね。だが、まだ荒い！』

しかし、モニタの中央に映し出されていた橙色の機体は、信じられないスピードで旋回すると、士道の機体が放った弾を全て避けてみせた。

「なんだとぉっ⁉」

『終幕。――地獄で会おう。我が愛しき宿敵よ』

通信機越しにそんな声が響いてきた、次の瞬間。

モニタが目映い光に包まれたかと思うと――凄まじい爆音と振動が、士道の乗ったコックピットを襲った。

「う、うわぁぁぁぁあっ！」

モニタに爆炎と煙が舞い、やがて、プツンと電源が落ちたかのように暗くなる。

そののち、『ＹＯＵ ＬＯＳＥ』の文字が中央に躍った。

「……あー、また負けた」

士道は操縦桿から手を離すと、はあと息を吐いた。

そう。駅のほど近くにあるゲームセンターにやってきた士道は、八舞とともに新作のロボットゲームに興じていたのだが……先ほどから八舞の圧倒的なプレイスキルにやられっぱなしだったのである。

耶倶矢と夕弦もゲームは上手い方だったが、八舞の腕はもはや別次元だった。最後の一戦などは、士道は一撃も当てられていない。

身体を固定していたシートベルトを外し、扉を開いてコックピット——を模した筐体から降りる。

すると時を同じくして、隣の筐体に入っていた八舞が、爽やかな笑みを浮かべながら降りてきた。

「完勝。ふふ、しかし士道も、筋は悪くないよ。経験を積めばいいパイロットになるだろう」

「……そいつはどうも。まあ、もう既に三回は戦死してるけどな」

士道が肩をすくめながら自嘲気味に言うと、八舞は快活に笑ってみせた。

「はは、それもそうだね。——では、士道にも少し、いいところを見せてもらおうかな」

「え？」

「目的のゲームは遊んだが、もう少し付き合ってくれるだろう？　耶倶矢と夕弦としては幾度も通った場所だけれど、わたしにとっては、なかなかに貴重な体験でね。もっといろんなゲームを楽しみたいんだ」

「なるほどな……。もちろん、俺でよければ喜んで」

「ん、君に感謝を。では、そうだな……」

八舞は辺りを見渡すと、何か気になるものを見つけたのか、足早に歩いていった。

「発見。いいね。一度やってみたかったんだ」

そして、画面と円形のミットで構成された筐体――いわゆる、パンチングマシンの前で足を止める。

「パンチングマシンか……そういえば耶倶矢も好きだったな、これ」

「愉楽。はは、やはりある程度嗜好は共通しているのかな。――さて、ではわたしからいかせてもらうよ」

八舞はそう言うと、筐体にコインを投入し、備えつけられていたグローブを手に塡めた。

そして、腰を落として構えを取る。

武闘家――というよりは、バトル漫画の主人公のような見栄え重視のポーズに思えたが、なぜか不思議と堂に入っていた。

ほどなくして、画面に『ＰＵＮＣＨ‼』の文字が表示される。

「ひゅ――――」

細い吐息とともに、八舞の拳が、ミットに吸い込まれるように放たれる。

ミットの中央を打ち抜くかのような、鋭い一撃。八舞の身体がブレて見え、一瞬あとに破裂音のような音が辺りに響き渡った。

「くわ……っ！」

士道は思わず耳を押さえて目を瞑った。そして数秒ののち、恐る恐るといった調子で画面を見やる。

そこには、『９９９ｐｔ』の数字が、ペカペカと明滅しながら表示されていた。

「確認。ふむ、悪くないのではないかな？」

「は……はは、さすが……」

士道は力なく乾いた笑みを浮かべた。

かつて、霊力封印直後の十香がパンチングマシンを壊してしまったことがあったが……八舞はどちらかというと、力を制御した上で最高点ギリギリを狙ったという印象だった。

「さ、次は士道だ。格好いいところを見せてくれたまえよ？」

「ええ……やりづらいなあ」

士道は苦笑しながらコインを投入すると、八舞から手渡されたグローブを右手に塡め、構えを取った。

そして、画面の合図に従って、ミットを叩く。

「てやっ！」

ぽす！　という気の抜けた音とともに、画面に『32pt』の数字が躍る。心なしか、画面上のキャラクターがホッとしているような印象を受けた。

「愛嬌。おやおや、これはまた可愛らしい記録だね」

「う、うるせ。おまえが強すぎるんだよ」

「はは、そう拗ねないでくれ。わたしに華を持たせてくれたのだろう？　そんな君も素敵だよ」

「むぅ……」

別にそういうわけではないのだが、八舞の王子様然とした口調で言われると、それ以上言葉を継ぐのも無粋であるように思えてしまう。士道はほんのりと頰を染めながらグローブを外した。

「質問。さて、次は何をやろうか。――士道、何かやりたいことはあるかい？　先ほどからわたしばかり選ばせてもらっているからね」

「え？　うーん、急に言われても……」

と、士道が周囲を見回しながら思案していると、八舞が片目を閉じながら人差し指を立ててきた。

「たとえば——そうだな、とびきりの美女とプリントシール機で写真を撮りたい……なんて願望があるのではないかな？」

言って八舞が、ゲームセンターの奥に位置する、プリントシール機が集められたエリアを指さす。

どうやらプリントシールが撮りたいらしい。

「…………」

それ自体はまったく構わないのだが、誘導の仕方があまりに手慣れすぎていて、逆にちょっと反抗してみたくなってしまう。先ほどロボットゲームで完膚なきまでにボコボコにされてしまった悔しさも少し手伝って、士道は白々しく目を逸らした。

「いや？　別にそういう願望はないかなー」

「無念。……そ、そうか……なら……仕方ないね……」

まるで風船がしぼむかのような様子で、自信に満ちあふれていた八舞が、急にしゅんとする。

　ちょっとした悪戯心だったのだが、ここまで落ち込まれると罪悪感を覚えてしまう。士道は苦笑しながら八舞に手を差し出した。

「でも、そう言われると興味が出てきたよ。――もしよかったら、俺と一緒に写真を撮ってくれませんか、お嬢さん？」

　などと、少し芝居臭すぎるかなと自覚しつつ、言う。

　すると、一瞬前まで肩を落としていた八舞が、ふっと頬を緩めた。

「思案。さて、どうしようかな？　どうやら君もなかなか、悪い男のようだから」

「！　お、おまえぇ……」

　士道が頰に汗を垂らしながら言うと、八舞は堪えきれないといった調子で噴き出した。

「はは、冗談さ。――エスコートされるのはあまり慣れていないが、君が相手ならそれも悪くない」

　そしてそう言って、八舞が士道の手を取ってくる。

　士道はなんだか上手く手のひらの上で転がされたような感覚に陥りながらも、八舞の手を引いてゲームセンターの奥へと歩いていった。

　だが、そのときである。

「──あぁぁぁっ！　やっぱりここにいたぁぁぁっ！」

「発見。いつまで経ってても現れないと思ったら、こんなところに」

士道と八舞の背に、そんな二つの声がかけられたのは。

「……へ？」

士道は目を丸くすると、その場で足を止め、後方を向いた。

聞き覚えのある声。だがそれは同時に、今この世界に存在するはずのない声でもあったのである。

「待ち合わせしてたのに、一人で先に来るなんてひどいじゃん！　ずっと待ってたんだからね！」

「推察。もしや、一足早くゲームを練習しておこうという腹積もりだったのですか？」

憤然とした様子で言いながら、二人の少女が歩み寄ってくる。一人はモノトーンの服に銀のアクセサリーを付けた少女。もう一人は淡い色のワンピースを纏った少女。二人とも、ぱっと見では見分けがつかないくらいにそっくりの顔をしている。

そう。そこにいたのは他でもない。

八舞耶倶矢と、八舞夕弦の二人だったのである。

「え……？　へ……？　は……？」

士道は表情を困惑の色に染めながら、こちらに歩いてくる二人の顔を交互に見た。

二人とも、毎日のように顔を合わせているお隣さんにして同級生だ。その顔を見間違えるはずはない。

口ぶりから言って、待ち合わせ場所に現れない士道を探してここにやってきたらしい。

話にも筋が通っている。何もおかしなところはなかった。

──今、士道の手を握る少女がいなければ、の話ではあるが。

「……？　ていうか、一緒にいるの、誰──」

「怪訝。十香やマスター折紙ではないようですが──」

と、そこで耶倶矢と夕弦も気づいたらしい。

士道と一緒に歩いていた少女が、一体何者であるかに。

「──吐息。おや、見つかってしまったか。思ったより早かったね？」

八舞が、小さく肩をすくめながら、悪戯っぽく微笑んでみせる。

その様に──

「はぁぁぁぁぁぁぁっ⁉」

「うきゃぁぁぁぁぁぁぁぁあっ⁉」

「戦慄。これは一体――――」

八舞を除く三名が、同時に絶叫を上げた。

「ちょ、ちょっと待て！　一体何がどうなってるんだ⁉　耶倶矢と夕弦――だよな⁉」

「あ、当たり前だし！　見ればわかるでしょ⁉」

「疑念。そちらの人こそ一体何者なのですか！」

耶倶矢と夕弦が言うと、八舞がそちらに向き直り、恭しく礼をした。

「挨拶。そうか。ある意味、お初にお目にかかる、ということになるのかな。わたしは風待八舞。八舞耶倶矢と八舞夕弦が融合を果たした姿だよ」

「い、いやいやいやいやいや！　それは知ってるけど！　私たちここにいるし！」

「動揺。……ですが、偽者とも思えません。どう見ても風待八舞です」

「い、意味わかんないんだけど……何が起こってるわけ？　はっ、まさか七罪が〈贋造魔女〉で――」

「否定。落ち着いてください耶倶矢。七罪の霊結晶ももうありません。変身は不可能なはずです」

「そ、そっか……でも、だったら一体……」

困惑した様子で耶倶矢と夕弦が話し込んでいると、八舞はふっと不敵に微笑み、士道の肩に手を回してきた。

「わっ！　や、八舞……？」

「不敵。紛糾するのは構わないが、他所でやってもらえるかな？　わたしは今、士道とデートト中なのでね」

そして、まるで耶倶矢と夕弦を挑発するかのように、士道の頰を指で撫でる。そのこそばゆさに、士道は思わず「ひゃんっ！」と甲高い声を上げてしまった。

「な……っ！　何を勝手な！　御主の好きにはさせぬぞ！」

「憤然。先に約束をしていたのは夕弦たちです」

耶倶矢と夕弦はキッと視線を鋭くすると、八舞に対するようにファイティングポーズを取った。

すると八舞が、楽しそうに口元を歪める。

「賞賛。うん、さすがわたしたちだ。話が早くていい。――そうさ。わたしと君たち、どちらが本物かだなんて、今はどうでもいいんだ。精霊がどうとか、霊結晶がどうとかいうのは、無粋な雑事に過ぎない。大事なのは、今日士道とデートできるのは一組だけ、という事実のみさ。

さあ、デートの約束をしたと主張する者がここに二組。ならばどうする？　『八舞』ならば、どう決める？」

八舞の言葉に応ずるように、耶倶矢と夕弦が声を上げる。

「知れたこと！　求めるものがあるのなら！」

「呼応。この手で勝ち取るのが、八舞流です」

「開戦。その意気やよし。ならば始めよう。あり得るはずのなかった、八舞の戦いを！」

──こうして、士道が呆気にとられている間に、八舞VS八舞の戦いは、幕を開けたのだった。

◇

──そして、その戦いは、僅か数分で終わりを告げた。

「うわぁ……」

ゲーム筐体の外部モニタに表示されたリザルト画面を見ながら、士道は渋面を作った。

そう。耶倶矢と夕弦が勝負の題目に選んだのは、あろうことか新作の対戦型ロボットアクション。つい先ほど、士道が八舞にボロボロに敗れ去ったゲームだったのである。

結果は予想通り、八舞の圧勝。

しかも二対一、耶倶矢と夕弦に練習時間を取った上での勝負という、文句の付けようのない結果だった。

「ば、馬鹿なぁ……っ！」

「呆然。夕弦と耶倶矢のコンビネーションが通じないとは……」

筐体から出てきた耶倶矢と夕弦が、よろよろとその場にくずおれる。士道は頬に汗を垂らしながら息を吐いた。

「だからこのゲームでの勝負はやめとけって言ったのに……」

「……そう言われてる勝負で勝つのが熱いんじゃん」

「迂闊。完全に勝利への前振りかと思っていました……」

二人ががくりと肩を落とす。すると、隣の筐体から颯爽と現れた八舞が、髪をかき上げながら爽やかな笑みを浮かべてみせた。

「感服。さすがは耶倶矢と夕弦。見事な連携だったね。このわたしが、四発も被弾してしまったよ」

「……それ、褒めてる？」

「憮然。なんだか婉曲に馬鹿にされているような気がします」

「素直な賞賛さ。士道は最後、一発も撃ち込めなかったからね」

「えっ、なんで参加してない俺が一番傷ついてるの？」

士道が半眼を作りながら言うと、八舞は可笑しそうに笑ったのち、耶倶矢と夕弦に向き直った。

「完了。さて、勝敗は決した。文句はないね？」

「ぐ……っ、し、士道……」

「悔恨。すみません。夕弦たちが不甲斐ないばかりに……」

耶倶矢と夕弦が悔しそうに拳を握り、歯噛みする。

すると八舞が、面白がるようにあごを撫でた。

「——とはいえ、だ。たった一種目の勝負で全てを決してしまうのも、『八舞』らしくはない。わたしも、これだけでは遊び足りないしね」

そして、「どうだろう」と、二人に手を向ける。

「提案。せっかくだし、ここは今のも含めて五番勝負といこうじゃないか。無論、君たちは二人一組で構わないし、勝負の方法も好きに決めてもらっていい。——他にハンデは必要かな？」

余裕綽々といった様子で八舞が言う。

耶倶矢と夕弦は、キッと視線を鋭くしながら、その場に立ち上がった。

「ぐぬ……！　な、舐めおって……！」

「応戦。望むところです。今ので勝利を確定させなかったことを後悔させてあげます」

言って、二人が決意を固めるように八舞に向き直る。

一度勝敗の決した勝負を延長することへの抵抗もなくはないようだったが、それ以上に、風待八舞に負けっぱなしということの方が我慢ならないようだった。

「続行。ふ、さて、では決めてもらおうか。次の勝負の種目はなんだい？」

八舞が、悠然と手を広げながら問う。

耶倶矢と夕弦は同時に視線を交わらせると、何やらひそひそと相談したのち、バッと手を左右に開いてきた。

「ふ、ならば目にもの見せてくれよう。第二試合は――」

「決定。あのエリアにあるものを使って勝負です」


八舞五番勝負、第二試合。

コスプレ対決。

「……こすぷれ？」

二人の提案に、士道は目を点にしながら首を傾げた。

「呵々、知らぬのか？　この遊技場には、プリントシール用に様々な衣装が用意されておるのだ！」

「説明。各々好きな衣装を選び、より士道をドキドキさせた方が勝ち、という、精霊伝統の勝負方法です」

「で、伝統だっけ……？」

「左様。類似例も含めれば、元精霊たちの大半は経験があるはず。ちょっとやりすぎまである」

「嘆息。一体何度遊興に耽れば気が済むのですか。火のないところに煙は立ちません。そういうところですよ士道」

「一度も主催したことないんだけど、なんで俺怒られてるの⁉　ていうかさっきと随分勝負の形式が変わったな⁉」

士道が言うと、耶倶矢がフッと不敵な笑みを浮かべた。

「既に遊戯は審判の時を迎えた。此れ以上の些事は無粋よ。雌雄を決するは一つの領域のみに非ず。悠久の大海へと漕ぎ出すがよい」

「あー……まあ、まともにゲームで対決しても勝ち目なさそうだしな……」

「見事。直訳のみならず意訳も取り入れてくるとは。免許皆伝です」

「いや勝手に納得しないでくれる⁉」

耶倶矢は気を取り直すように「とにかく！」と言うと、八舞にビッと指を突きつけた。

「好きな衣装を選び、そこな更衣室にて着替えるがよい！　まあ、士道の嗜好を識り尽くした我らに敵うとは思えぬがな！」

「ふむ――いいね。面白い。こういう勝負も好きだよ」

しかし八舞は、さして慌てた風もなく、楽しげな様子で衣装を選ぶと、更衣室へと入っていった。耶倶矢と夕弦もまた、二人で衣装を選び、カーテンの向こうへと消えていく。

そして、士道が手持ち無沙汰な時間を過ごすこと数分。

「――呵々！　降臨の時来たれり！」

「披露。新生夕弦&耶倶矢、爆誕です」

高らかな声とともに、耶倶矢と夕弦が更衣室から姿を現した。

「お、おお……！」

その姿を見て、思わず目を丸くする。

耶倶矢が纏うのは、コウモリのような羽と角が特徴的な、黒い衣装。

夕弦が纏うのは、白鳥のような羽と頭上の光輪が特徴的な、白い衣装。

そう。耶倶矢と夕弦は、二人組という利点を生かし、天使と悪魔の合わせを披露してきたのである。

可愛らしいながらも、背や肩などが大胆に露出しており、なんとも『わかっている』デザインだ。士道は少し目のやり場に困り、ほんのりと頰を染めてしまった。

「くく、どうやら反応は上々のようであるな」

「当然。魅力勝負で夕弦たちが後れを取るはずが──」

が、自信満々だった二人の言葉は、そこで途絶えた。

理由は単純。隣の更衣室のカーテンが開き、八舞が姿を現したからだ。

「推参──と、格好をつけてみたものの……ふむ、困ったな」

言って、八舞が苦笑を浮かべる。

「な──ッ⁉」

「狼狽。これは……⁉」

それを見て、耶倶矢と夕弦が表情に戦慄を滲ませた。

だがそれも当然だ。八舞がその身に纏っていたのは、何の変哲もない来禅高校の制服(なぜそんなものがゲームセンターにあるのかはわからなかったが)だったのだが──

最新機種

明らかに、サイズが合っていなかったのである。

ブラウスは胸元のボタンが留まりきっておらず、辛うじて留まっている上下のボタンも、内なる暴力によって小刻みに震えている。スカートは辛うじて穿けているものの、明らかに丈が短く、健康的な太股が裾から大胆に覗いていた。少しでも動こうものなら、下着が見えてしまいそうである。

弾けるような健康美と、胸を震わす背徳感。相反するはずである二つが同居した、衝撃的に過ぎる立ち姿であった。

「いやはや、頑張ってみたのだが、これが限界のようだ。仕方ない。これで評定をお願いするよ」

『…………』

八舞の言葉に、耶俱矢と夕弦、そして士道は、しばしの間無言になった。

数秒後。耶俱矢が士道の評定を待たぬまま「つ、次ィ！」と悲鳴じみた声を上げた。

八舞五番勝負、第三試合。

リズムゲーム。

次いで耶倶矢と夕弦が指さしたのは、リズムゲームの筐体だった。

画面に上下左右の矢印が表示され、その矢印の通りにフットパネルのボタンを踏む、オーソドックスなタイプの機種だ。

ちなみに、三人の服は元のものに戻っている。耶倶矢と夕弦が「これ以上このモンスターを士道の目に晒すわけにはいかない……！」とでもいうような調子で、更衣室に押し込んだのである。

「リズムゲームか……いきなり王道の勝負に戻ったな」

「く、く……まあ、余興はここまで、ということよ」

「修正。やはり雌雄を決するならば、明確な基準が必要です」

そう言う耶倶矢と夕弦の頰には大粒の汗が煌めいていたが、それを指摘しないだけの優しさが士道にもあった。

「ま、まあでも確かに二人とも、これ得意だったもんな」

「呵々、その通り！　我らのスコアは、元精霊たちの中でもトップクラス！」

「自負。対等に渡り合えるのは、マスター折紙くらいのものです」

士道が言うと、耶倶矢と夕弦はえっへん、と腕組みしながら胸を反らしてみせた。

「あれ？　でも、このゲーム、どうやって二対一で対戦するんだ？　二人対戦できるように、筐体は二つ並んでるけど……」

士道は小さく首を傾げた。もともとこのゲームは一対多を想定したものではない。だからといって、二人で一つのフットパネルを使おうものなら、かえってリズムが取りづらくなってしまうだろう。

が、士道の疑問に、耶倶矢と夕弦は、そんなことは想定済みである、というようにうなずいてみせた。

「無論、対戦は一対一ずつで行う。我と八舞、そしてその後、夕弦と八舞でな！」

「不敵。ゲームとはいえ、高難易度の運動量は想像を絶します。果たして一曲踊り終えたあと、夕弦より正確にステップが踏めるでしょうか？」

そしてそう言って、『くく……』と笑みを浮かべる。その様は、言っている内容も相まって、まるで悪役のようだった。

「あー……」

まあ、少々小狡い気がしなくもないが、元はといえば八舞の提案したルールである。さすがに異論は唱えないだろう——

と、士道がそんなことを考えていると、八舞は平然とした調子で一歩前に歩み出た。

「否定。いや。言ったろう？　二対一で構わないよ」

「は……？　何を申しておる」

「指摘。このゲーム、三人同時にはできませ――」

「――だから、君たちの合計スコアと、わたしのスコアを比べればいいじゃないか」

『…………………は？』

土道たちが呆然と目を見開いていると、八舞が筐体にコインを投入し、ゲームをスタートさせた。

――左右二台同時に。

「は……⁉　な、何してるし！」

「狼狽。まさか――」

耶倶矢と夕弦の動揺の声が響く中、ゲームがスタートする。

アップテンポの曲がスピーカーから流れると同時、夥しい数の矢印が画面に躍った。

「躍動。ふ――――ッ」

八舞は小さく微笑むと、その場にふわりと飛び上がり――

目にも留まらぬ足捌きで、二つ並んだフットパネルを、同時に踏んでいった。

「な……っ⁉　ななな何それ⁉　足どうなってるわけ⁉」

「驚愕（きょうがく）。そんな、二つ同時に正確な入力などできるはずが――」

夕弦の言葉とは裏腹に、二つの画面には、『ＥＸＣＥＬＬＥＮＴ！』の文字が連続して躍っていく。

二人が呆然とした様子でその光景を見守る中、やがて曲が終わりを迎え――

「完遂。――フィニッシュだ」

八舞がポーズを決めた瞬間、いつの間にか周囲に集まっていたギャラリーから、盛大な歓声が上がった。

八舞五番勝負、第四試合。
ボウリング。

「つ、次は場所を隣のアミューズメントエリアに移して、ボウリング対決である……！　これこそが我が本領！　目覚めよ、伝説の煉獄手甲（フェーゲフォイア・ガントレット）……！」

言いながら耶倶矢が、一体どこから取り出したのか、黒いマイプロテクターを手に装着する。確か以前、士道とボウリングに行った際に購入したものである。特に伝説などはないはずだった。

確かにボウリングも耶倶矢と夕弦の得意分野だったはずだが……もはやその表情に余裕などは微塵も見受けられなかった。顔中に冷や汗を滲ませながら、油断なく八舞を睨め付けている。

反して、八舞の様子は呑気なものだった。楽しげに鼻歌なぞ歌いながら、ボールを吟味している。

「……ええと、念のため聞くけど、ボウリングで二対一って」

士道が頬をかきながら問うと、耶倶矢と夕弦は、みなまで言うな、というように視線を向けてきた。

「当然、我らの合計スコアと勝負である……！」

「説明。たとえ風待八舞が全てストライクを出そうとも、二人の合算に勝つことは不可能です……！」

もはやなりふり構っていられないといった様子で、二人が目を血走らせる。先ほどまでは悪役は悪役でも幹部クラスくらいの貫禄があったのだが、今は小悪党といった風情だった。

「……うーん」

士道は難しげな顔で腕組みした。

確かに二人の言うとおりではあるのだが、なぜだろうか、八舞が負けるビジョンがまったく思い浮かばなかったのである。

「――始動。では、わたしからいいかな？」

八舞が軽い調子で言って、ボウリング球を手にレーンに進み出る。ちなみに、彼女が選んだボールは、並んでいた中で最も重いものだった。

「ふッ――」

短い吐息とともに、八舞が球を放る。

球はしばしの間滞空したのち、レーンの中央を真っ直ぐ進むと、全てのピンを綺麗に弾き飛ばした。見事なストライクだ。

が、それだけではなかった。なんと球に弾かれたピンが二本、左右のレーンに飛んでいくと、そこに並んでいたピンを全て倒してしまったのである。

『…………』

士道は耶倶矢、夕弦とともに呆然とそれを眺めながら、「スリーストライクなんて言葉、野球以外で使うことあったんだなあ……」と、不思議な感慨を覚えていた。

八舞五番勝負、第五試合。

エアホッケー。


「……さ、最後の対決は……」

「……覚悟。エアホッケー、です」

なんだかもう、既に憔悴しまくった耶倶矢と夕弦が、息も絶え絶えといった様子でそう言う。

とはいえ、今までの勝負に立ち会ってきた身としては、その気持ちもわからなくはなかった。耶倶矢と夕弦もゲームは得手としているはずなのだが……風待八舞は強いとかそういう次元ではない。もはや世界が違うと言っても過言ではなかった。

「でも、最後の勝負はわりとフェアなんだな……」

士道は低いうなりのような音を立てるエアホッケーの台を見下ろしながら言った。

確かに二対一というハンデはあれど、ボウリングのように個人のスコアに上限があるような勝負ではない。むしろ今までの勝負よりも厳しい戦いになりそうだった。

「ああ……うん。どうせどんな勝負提案しても、常識外れの方法でブチ抜かれるっぽいし、最後くらいは悔いの残らない方法でと思って……」

「同意。スピードとコンビネーション。これぞ夕弦たちの真骨頂です。風の八舞姉妹として、これで負けるならもはや仕方ありません」

「な、なるほど……」

もしかしたらそれは風待八舞にも当てはまるのでは……と思った士道だったが、さすがに口には出さずにおいた。

すると八舞が、マレット——手に持って円盤(パック)を打つアレだ——を弄(いじ)りながらニッと唇の端を上げる。

「歓喜。——ふ、嬉(うれ)しいね。全力を以(もっ)て挑まれることの、なんと心躍ることか」

そして何やら思案を巡らせるような仕草をしたのち、八舞は士道の方に視線を向けてきた。

「提案。——士道。君も耶俱矢と夕弦の本気を受け止めてはみないかい？」

「え？」

「幸い、エアホッケーはダブルスが可能だ。一度に四人までプレイできる。ずっと見ているだけというのも退屈だったろう？」

八舞の言葉に、士道は目を丸くした。要は、最終試合に、八舞のペアとして参加しないかと言われているのだ。

「お、おいおい……無茶言うなよ。俺がおまえらのスピードについていけるわけないだろ？　かえって足手まといに――」

と、そこまで言いかけて八舞の意図に気づき、士道は言葉を止めた。

確かに士道は、足手まといにしかなるまい。だが、それでいいのだ。むしろそれが、八舞の目的なのだろう。

考えてみれば最初から、八舞のスタンスは一貫していた。耶倶矢と夕弦に勝利することが目的ならば、最初のゲームで勝った瞬間に勝負をやめていればよかっただけの話である。

そう。八舞はずっと――耶倶矢と夕弦とのゲームを、心から楽しんでいたのだ。

今このときになって自分の言葉を翻してでも士道を誘ったのも、耶倶矢と夕弦に対するハンデ――そして、彼女の言葉通り、士道にもゲームを楽しんでほしいという理由からだろう。

ならば、断る理由もあるまい。士道はふっと微笑むと、台の前に立った。

「――というわけだ、二人とも。ふふふ、悪いな。最後は俺と八舞でおまえたちを叩き潰させてもらうぜ！」

「な……っ！　ちょ、いきなりなんだし！」

「狼狽。二対一ではなかったのですか。約束が違います」

耶倶矢と夕弦が、思いの外強く抗議してくる。八舞はそれを宥めるように手を広げた。

「わかっているさ。無礼は承知の上だ。その代わりと言っては何だが、この最終戦に勝ったなら、君たちの勝利としてあげようじゃないか」

「な……っ！」

「動揺。本気ですか……!?」

耶倶矢と夕弦が、驚愕に目を見開く。

それはそうだろう。既に敗北が決していると思われていたところに、急に勝利の可能性が見えたのである。もしかしたらこれも、八舞の狙いなのかもしれなかった。

「で、でも士道は……」

「困惑。やはりそれは――」

しかし二人は微かに眉根を寄せると、渋る様子を見せた。

が、八舞は最後まで言葉を吐かせず、台にコインを投入する。

「――開戦。さあ、ゲームスタートだ。いくよ、士道」

「おう、いつでもＯＫだ」

八舞と士道がマレットを構え、前屈姿勢を取る。

「ぐ……！　知らぬからな！」

「苦悶。仕方ありません。本気でいきます」

すると耶倶矢と夕弦も覚悟を決めたのか、同じように構えを取った。

「――――」

八舞が楽しげに微笑み、円盤目がけて、手にしたマレットをスライドさせる。

瞬間――

ホッケー台の上に、嵐が巻き起こった。

「うわ……っ⁉」

何の比喩でも冗談でもない。八舞が円盤を打った瞬間、カカカカカコココココココココココココ――――という音が連続して響き渡り、辺りに凄まじい風が撒き散らされたのである。

その小気味いい音が、三人が円盤を叩いている音だと気づくのに、一瞬を要する。

理由は単純なもので、円盤のスピードが速すぎて、士道の目では捉えられなかったのである。

否、正確に言うなら八舞の姿もよく見えなくなっていた。何ならちょっと速すぎて二人に分身しているようにさえ見えた。

「ふぇぇ……」

士道が何もできないまま呆気にとられていると、カコン！　という大きな音が鳴り、三人が動きを止めた。どうやら円盤が、耶倶矢・夕弦チームのゴールに入ったらしい。

「あぁーっ！」

「油断。く……まさかフェイントとは……！」

言って、耶倶矢と夕弦が悔しそうに表情を歪める。ちなみに、士道は何がどうフェイントだったのかさえわからなかった。耶倶矢と夕弦ももう精霊ではないはずなのに、凄まじいスピードである。

「昂揚。ふ、なかなかやる。それでこそ颪の八舞！　さあ、わたしに見せてくれ、二つの魂の躍動を——！」

士道が一人ポカンとしている中、八舞は興奮したように言うと、再度マレットで円盤を勢いよく叩いた。

——十数分後。

エアホッケー対決は結局、耶倶矢と夕弦が一点も取れないまま、八舞の完勝で幕を閉じた。

「うっがぁぁ！　悔しぃぃ！　あそこで夕弦にパスしてればぁぁっ！」

「……悔恨。あのとき右に動いていれば……」

耶倶矢と夕弦が、両手を戦慄かせながら呻くように声を上げる。心なしか、他の精霊たちとの対決に負けたときよりも悔しがり方が強い気がする。やはり、仮にも『自分』に負けるというのは悔しいものなのだろう。

反して、気持ちのいい笑顔を浮かべていたのは勝者の八舞である。微かに滲んだ爽やかな汗を拭い、ふうと息を吐いてみせる

「爽快。いや、いい勝負だったよ。結果に見えるほど大差はなかった。わたしも、ひやりとする展開が何回かあったしね。自画自賛になってしまうかもしれないが、さすがのコンビネーションだ」

八舞が言うと、耶倶矢と夕弦はさらに悔しそうに頬を膨らせた。それを受けてか、八舞が快活に笑う。

が、そこで八舞は、何かを思い出したようにぴくりと眉を揺らした。

「怪訝。――だが、解せないな。結局君たちは、一度も士道のエリアにスマッシュを打ち込まなかった」

「え……？　そうなのか？」

言われて、士道は目を丸くした。正直、円盤(パック)の動きが速すぎてまったく試合運びが見えていなかったのだ。

「肯定。もし遠慮なく打っていれば、勝てはしないまでも、何点か返すことはできたろうに。一体なぜだい？　やはり、あれ以上ハンデを受け取るのはプライドが許さなかったかな？」

「せっかくぼかしてたのに、思いっきりハンデって言いやがったな……」

士道が半眼を作りながら言うと、八舞が「はは、これは失礼」と笑った。謝り方まで爽やかさの塊だった。

「ん……いや、まあ、それもあるけど」

「悶々(もんもん)。何と言いますか……」

と、耶倶矢と夕弦が、妙に歯切れ悪く頭をかいてみせる。

するとそこで、八舞が何かに気づいたように目を瞬(しばたた)かせた。

「察知。──まさか」

そしてそう言って、不意に士道の右手首を握ってくる。

「つっ……」

突然のことに、士道は小さく眉を歪めてしまった。

別段、八舞の力が強かったというわけではない。ただ少しだけ──手首が痛んだのだ。

「士道……君、手首を」

「あー……ちょっとな。待ち合わせ場所に向かう途中、前を歩いてたお婆さんが足を滑らせてさ。なんとか助けられはしたんだけど……そのときに少し捻っちまったみたいだ」

「……理解。なるほど、それでパンチングマシーンのとき──」

「でも、そんなに大したことはないぞ？　力入れたらちょっと痛むって程度だし……」

「…………」

八舞は無言になると、耶倶矢と夕弦の方に視線を戻した。

「賞嘆。君たちは、気づいていたんだね？」

「……や、って言っても何となく、だけどね」

「曖昧。少し、士道の動きに違和感がある気がしただけです」

耶倶矢と夕弦の言葉に、

「……はは、は──」

八舞は、小さく笑い声を上げた。

「八舞……？」

「──耶倶矢、夕弦。わたしは君たちを誇りに思うよ。士道の隣には、君たちこそ相応しい。──どうか、よきデートを」

「え？　いや、でも勝負は全部負けちゃったし……」

「首肯。その通りです。まったく敵いませんでした」

耶倶矢と夕弦が言うも、八舞はふっと優しく微笑み、士道に向き直った。

「謝罪。……すまない、士道。耶倶矢と夕弦との勝負に興じるあまり、君への気遣いが欠けていた」

「え？　や、そんな大げさな……」

士道が困惑しながら言うと、八舞は、姫に傅く騎士のような格好で、士道の前に膝を突いてみせた。

そして優しく士道の手を取ると、その手の甲にキスをしてくる。

「んな……っ!?」

予想外のことに、士道は顔を真っ赤に染めた。……男だというのに、心はお姫様である。

正直ドキドキが止まらなかった。

「えっ、な、何それ……!?」

「衝撃。勉強になります……」

耶倶矢と夕弦もまた、頬を染めながら驚愕を露わにする。

すると八舞は悠然と微笑みながら、すっくと立ち上がった。

「感謝。今日は楽しかった。士道、耶倶矢と夕弦を――わたしたちを、よろしく頼むよ」

そして、優しくそう言って、三人の元を去って行く。

士道と耶倶矢と夕弦は、呆気に取られながら、その背を見送ることしかできなかった。

が――

「――八舞！」

数瞬の硬直ののち、士道は去りゆくその背を呼び止めた。

自分でもなぜかはわからない。だが、ここで八舞を行かせてしまっては、後悔してしまう気がしたのである。

「応答。――どうかしたかな、士道」

八舞が、ゆっくりと振り向いてくる。

士道は、耶倶矢、夕弦に目配せをしてから言葉を続けた。

「――悪いが、まだ帰すわけにはいかない。俺と耶倶矢、夕弦のデートプランは、『八舞とめいっぱい遊ぶ』に決定しちまったからな」

士道の言葉に、耶倶矢と夕弦は一瞬驚いたような顔を見せたが、すぐに同意を示すように力強く首肯した。

するとと八舞が、目を丸くしたのち、ふっと微笑んでくる。

「……ほう？　一体何をしようというのかな？」

八舞が、小首を傾げながら問うてくる。

だが、その問いの答えだけは既に決まっていた。

「決まってるだろ。──まずは、みんなでプリントシールだ」

士道が言うと。

「──ふ、はっ」

八舞は、堪えきれないといった調子で噴き出した。

「諦念。まったく、本当に悪い男だな、君は。せっかく格好をつけて立ち去ろうとしたというのに。──そう言われては、戻らざるを得ないじゃないか」

そしてそう言って、少し気まずそうに、八舞が戻ってくる。

『…………！』

士道と耶倶矢、夕弦は、会心の笑顔で以てそれを出迎えた。

◇

——というところで、目が覚めた。

「……なんてファンキーな夢見てんだ、俺……」

士道はベッドの上で目をこすりながら身を起こし、スマートフォンの画面をタップして、日付と時刻を確認した。

——間違いない。夢で見た日と同じ。すなわち、耶倶矢、夕弦とゲームセンターに行く日である。

時刻は既に一〇時。休日とはいえ、随分と寝坊をしてしまった。……まあ、とはいえ仕方あるまい。それくらいには、今日の夢は超大作だったのだ。

「まさか、風待八舞が出てくるとはな……」

しかも耶倶矢と夕弦も共演という豪華仕様だ。常識で考えればありえない話だが……まあ、夢に文句を言っても詮無いことである。

それに、悪い夢だったかと言われると——決してそんなことはなかった。

もしも風待八舞が現世に現れたなら。そして、耶倶矢や夕弦と顔を合わせたなら——きっとあんな風になるに違いない。

「おっと、あんまりのんびりもしてられないな……」

約束の時間は一二時である。身支度を整え食事を摂(と)ることを考えれば、決して余裕があるわけではない。士道は急いでベッドから出ると、顔を洗うために一階へ降りていった。

そして、約束の一二時。

「……うーい」

「……挨拶。おはようございます」

待ち合わせ場所に現れた耶倶矢と夕弦に、士道は思わず苦笑してしまった。

それはそうだ。何しろ耶倶矢と夕弦は、二人揃って眠たげに目をこすっており、ついでに二人で左右対称に寝癖のついた髪がぴょこんと立っていたのである。

「なんだ二人とも、随分眠そうだな」

「んー……うむ、少し、妙な夢を見てしまったである」

「偶然。夕弦もです。なんとも不思議な夢でした」

「へえ……」

二人揃っておかしな夢を見るとは、不思議なこともあるものである。士道はぽりぽりと頬をかいた。

まあ、とはいっても、士道の夢ほどぶっ飛んだ夢ではないだろう。何しろ風待八舞に耶倶矢、夕弦という、八舞マシマシドリームである。

さすがにあの夢の内容を報告したら「な、何その夢。こっわぁ……」「淫蕩(いんとう)。それは性欲のメタファーですね」と言われそうなので黙っておいた。

「まあいいや。とにかく、ゲーセン行こうぜ。新作ゲームなら並んでるかもしれないしな」

「んむ……であるな。兵は拙速を尊ぶ」

「同意。行きましょう。――と、そういえば、目的のゲームをプレイしたあとでいいので、やりたいことがあるのですが」

と、夕弦が何かを思い出したように言ってくる。

これまた、不思議なこともあるものである。実は士道も、二人に頼もうとしていたことがあったのだ。

「ん、いいよ。あ、ついでに俺もやりたいことがあるんだけど――」

「ほう？　御主(おぬし)らもか。我もである。実はな――」

「意外。そうなのですか？　夕弦は――」

『――プリントシール機で写真を撮りたい』

三人の声が、綺麗に重なった。

五河パートナー

PartnerITSUKA

DATE A LIVE ENCORE 11

青い空に、荘厳な鐘の音が響き渡る。

するとまるでその音を合図にするかのように、辺りにいた白い鳩たちが、一斉に空に飛び立った。

次いで、軽快なウェディングマーチが鳴り響き、純白の衣装に身を包んだ一組の男女が、チャペルから歩み出てくる。

新郎は、〈ラタトスク〉副司令、神無月恭平。

新婦は、来禅高校教師、岡峰珠恵（旧姓）。

そう。今日は、先日入籍を果たした二人の結婚式の日だったのである。

「おめでとうだ、タマちゃん！　神無月！」

「岡峰先生……綺麗です」

「むん、めでたいの。佳き日じゃ」

チャペルの外で新郎新婦を待っていた元精霊の少女たちは、惜しみない拍手とともに、二人を出迎えた。

そう。今この場には、新郎新婦の縁者や友人など、かなりの数の参列客が犇めいていたのだが、士道や元精霊の少女たちもタマちゃん先生の招待を受け、その賑わいの一助となっていたのである。

かつて来禅高校に在籍していた士道や十香、折紙、耶倶矢、夕弦、そして狂三。

そして、今まさに来禅高校に通っている琴里、四糸乃、七罪、六喰、真那。

全員が一様にスーツやドレスを身に纏い、笑顔で二人に拍手を送っていた。

ちなみに、二亜と美九は来禅高校と関わりが薄いため、〈ラタトスク〉クルーとともに、新郎の招待枠での出席である。

「ふふふー！　ありがとう！　ありがとうみんな！　珠恵、幸せになります！」

ウェディングドレスに負けないくらいキラッキラした笑顔を浮かべながら、珠恵が皆に手を振る。前々から結婚を熱望していた彼女である。喜びもひとしおなのだろう。

そんなタマちゃんに応えるように、参列客から、一層大きな拍手が巻き起こった。

まあ、一部――

「……先生、元から小柄で童顔だったけど、眼鏡外すとさらに幼く見えるわね……」

「……うん。神無月が身長高いから、並ぶと事案にしか見えない。……大丈夫？　通報されない？」

「大丈夫よ。神無月なら慣れてるでしょ」

「あっ通報はされるんだ……」

と、琴里や七罪のように、頬に汗を垂らしながらひそひそと言葉を交わす者もいなくはなかったのだけれど。

「うふふ――にしても、岡峰先生が神無月さんと結婚だなんて、考えてもみませんでしたわ。運命とは数奇なものですわね」

「ですねぇー。にしても、岡峰先生のウェディングドレス姿、素敵ですぅ。あぁん、いつか私も着たいですねぇ」

と、狂三の言葉に応ずるように美九が言うと、そこで後方から「んっんっん――」という含み笑いのような声が響いた。

「おやおや、世界のみっきーともあろうものが、随分と悠長な話ですなぁ」

言って、シックなナイトドレスを身に纏った二亜が肩をすくめる。その頬は既にほんのりと朱に染まっており、やや足取りが心許(こころもと)なかった。

「……二亜、まさかもう飲んでるの？　披露宴まで待ちなさいって言ったのに……」

「まーまー、祝いの席に野暮は言いっこなしよ妹ちゃん」

言って、二亜が快活に笑う。琴里はやれやれと息を吐いた。

「それより、悠長ってどういうことですかぁ？」

美九が首を傾げながら尋ねると、二亜はヒラヒラと手を振りながら答えた。

「んー？　そのまんまの意味よ？　だってもうみっきー結婚できる歳じゃん。――ていうか、今大学生のとーかちゃんたちもそうだし、高校組だってすぐっしょ？　結婚って、意外と未来の話でもないいんじゃにゃーの？　晩婚の時代とはいえ、目当ての相手がいるなら、急がないと先越されちゃうかもだぜー？　あ、もちろんあたしもね！　肉体年齢華の二〇代！　アイアム結婚適齢期！　実年齢？　知らない子ですね……」

などと言って、二亜があっはっはと笑う。どうやらもう既にかなり酔っているようだった。

『…………』

が、その言葉に、辺りにいた元精霊の少女たちが、一斉に思案を巡らせるように押し黙った。

別に、二亜も本気で言ったわけではあるまい。法的に可能とはいえ、学生結婚――特に高校生での結婚は非常にレアケースだ。酒と場の雰囲気が口走らせた軽口のようなものだろう。

しかし、二亜の言葉は、元精霊の少女たちの頭の中に、一つの可能性を芽生えさせた。

「結婚、か……」

「まだまだ先だと思ってたけど……」

「確かに言われてみれば……」

「もうできることはできるんですよねぇ……」

「……いやまあ、まだ実感は湧かないけど」

「私はいつでも準備万端」

「賞賛。さすがですマスター折紙」

「でも、いきなりそんなこと言われても……」

「ふむん……しかし、もし契りを結ぶとなったならば……」

「お相手は——」

皆が、口々に呟きながら、ウェディングドレス姿のタマちゃんに視線を戻す。

『…………』

そして、少女たちはまったく同時に想像を巡らせた。

もしも、あの場にいるのが自分だったなら。

あのドレスを着ているのが自分だったなら。

一体、どのような新婚生活を送るのだろうか。

そして、その隣にいる伴侶は——

◇

「──ただいまー」

夜七時。玄関から、そんな声が聞こえてくる。

キッチンで夕食の支度をしていた五河四糸乃は、コンロの火を止めてからそちらへ歩いて行った。

「お帰りなさい、あなた」

「うん」

エプロン姿の四糸乃が笑顔で出迎えると、スーツ姿の夫──五河士道は、小さくうなずいてから靴を脱ぎ、足早に洗面所へと向かっていった。

そして手早く手洗いうがいを済ませると、再び玄関に戻ってきて、四糸乃をぎゅうと抱きしめる。

「あー……癒ーやーさーれーるー」

「きゃっ……もう、あなたったら」

四糸乃は苦笑を浮かべながらも、士道の胸に身体を預けるように、ぴたりと寄り添った。

心なしか、士道の腕に一層力が入る。

このハグはもう、日課のようなものだった。士道は四糸乃のことが大大大好きなので、仕事に出かける前は別れを惜しむように、帰ってきたときは再会を喜ぶように、強く強く抱きしめてくるのである。

本当は帰宅時も、玄関を開けたらすぐにハグしたいらしいのだが、風邪のウイルスが付着していたら大変だ！　と、こうして手洗いうがいを済ませてからわざわざ玄関に戻ってくるのである。そんなところも、律儀(りちぎ)な士道らしくて微笑(ほほえ)ましかった。

ちなみに今、四糸乃の左手には、相棒『よしのん』の姿はない。

日中はお喋(しゃべ)りしながら家事を手伝ってくれるのだが、『このよしのん、新婚夫婦の夜を邪魔するほど、野暮なウサギじゃないぜー？』と、ここのところ夕方頃には、リビングのウサギベッドで眠りに就くのである。別に士道も四糸乃も気にしないと言っているのだが、なんとも気遣いのできるウサギである。

「……ふう、エネルギー補給完了」

「ふふ、今日もお疲れ様です」

しばしのあと、士道がふうと息を吐く。四糸乃は微笑みながら続けた。

「そろそろご飯の準備もできますけど、どうしますか？　先にお風呂(ふろ)にしますか？」

「ん……それもいいんだけど、それより先に……」

と、士道は目を細めると、何やら甘えるように喉を鳴らした。

そこで、思い出す。まだ一つ、済ませていない挨拶があることに。

四糸乃は、上目遣いで士道を見ながら苦笑した。

「もう、いつまで経っても甘えん坊さんですね」

「だってさー。半日近くも四糸乃に会えなかったんだぜ？　寂しくて死んじまうよ」

「大げさですってば。――じゃあ、改めて。お帰りなさい」

四糸乃はふふっと笑うと、ほんのりと頬を染め――士道の唇にちゅっと口づけた。

そう。これが五河家もう一つの日課。お帰りなさいのキスである。

「んー――――」

士道は嬉しそうに身を捩ると、もう一度ぎゅっと四糸乃を抱きしめたのち、ようやく満足したように力を緩めた。

「あー、生き返った。じゃあ先にお風呂に行ってこようかな」

「はい。お着替え用意しておきますね」

「――あ、久々に一緒に入るか？」

「もう。ご飯の準備があるから駄目ですよ」

「えぇー……」

士道が再び甘えん坊さんモードに入ってしまう。四糸乃は「よしよし」と頭を撫でながら苦笑した。

「準備が終わったらお背中流しにいきますから、先に入っててください」

「よっしゃ！」

四糸乃が言うと、士道は無邪気に微笑み、足早にお風呂場へと向かう。

その心底楽しそうな背中を眺めながら、四糸乃はやれやれと、しかし幸せそうに笑った。

天宮市は東天宮の住宅街に位置する、五河邸。

その一階リビングには、いつもと変わらない穏やかな時間が流れていた。

ソファに腰掛けながら雑誌を眺める士道。

そして、同じくソファに座ってスマートフォンを弄る妹の琴里。

何年も続いてきた休日の光景。何でもない、しかし心安まる日常の一ページ。

──けれど、今ここにある風景は、今までのそれと少しだけ、しかし明確に異なっていた。

「ん……っと」

琴里は手にしていたスマートフォンをテーブルに置くと、ソファから立ち上がった。

「お茶飲むけど、いる？」

「ああ、もらおうかな」

琴里が問うと、士道は誌面に落としていた視線を上げてそう答えてきた。

琴里は軽く手を上げてそれに応ずると、キッチンに歩いていき、お茶の用意をしてからリビングに戻った。

「…………」

そして紅茶のポットとティーカップ、お菓子の載ったトレイをテーブルに置くと、数瞬の逡巡（しゅんじゅん）ののち、先ほど座っていた場所ではなく、士道の隣に腰掛ける。

「琴里？」

士道が不思議そうに目を丸くしてくる。琴里は赤くなっているであろう頬を悟られないよう顔を背けた。

「い、いいじゃない。私たち――夫婦なんだから」

そして、微（かす）かに震える声でそう言う。

そう。未（いま）だに慣れないその呼称。

士道と琴里は、つい数日前、婚姻届を提出したばかりだったのである。

士道はふっと微笑むと、琴里の肩に手を回し、ぐいと自分の方に引き寄せてきた。

「ああ、そうだな」

「…………っ！」

突然の士道の行動に、さらに頬が色づいてしまう。琴里は思わず顔を俯かせた。

「ほら、これ。どこがいいと思う？」

「……え？」

士道に言われて視線を上げると、士道が雑誌の誌面を示していることがわかる。

——ブライダル雑誌の、結婚式場特集を。

「あー……結婚式、ね」

「ん？　やりたくないのか？」

「そういうわけじゃないけど……」

琴里は額に汗を滲ませながら頬をかいた。

「十香たちや〈フラクシナス〉のクルーたちはもう知ってるからいいけど……学校の友だちとかは驚くだろうなー……って」

「いいじゃないか、義理の兄妹の結婚は法的にも問題ないんだし。それに——」

士道は頬を緩めると、肩をすくめた。

「一番驚く人たちにはもう話しちゃっただろ？」

「あー……」

士道の言葉に、琴里は乾いた笑みを浮かべた。

そう。遡ることひと月前。両親が海外から帰ってきたとき。士道は一世一代の大舞台に立っていたのである。

『――父さん、母さん。琴里と……いや、琴里さんと、結婚させてください……！』

スーツを着た士道が緊張した面持ちで両親にそう言った瞬間、なぜだか琴里は感極まって、涙が止まらなくなってしまった。

父と母はたいそう困惑した様子だったが――二人の決意が固いことを感じ取ったのか、やがて二人の結婚を許してくれた。

確かにあの二人への報告を思えば、他のことは取るに足らない些事だろう。

「それとも、今更世間体が気になってきたか？」

士道が、からかうように言ってくる。

琴里はふっと笑いながら「冗談」と返した。

「私がそんなことを気にするとでも？　むしろ士道の大学生活を気遣ってあげたのよ。――何しろ、一六歳現役高校生の妹と結婚したっていうんだから」

「ふうん、俺にまだ落ちるだけの評判が残っていたとは驚きだ」

士道と琴里はそう言い合うと、どちらからともなく笑った。


五河夕弦の朝は早い。

起床後、顔を洗い、着替えを済ませ、朝食の準備をする。

その後、先ほどまで寝ていた寝室に戻り、ダブルベッドの左側で静かに寝息を立てる夫、士道の寝顔を堪能すると——

「奇襲。ん……っ——」

士道の鼻を摘まみ、そのまま士道の唇を自分の唇で塞ぐ。

そして、そのまま数秒。

「…………、……ッ⁉　んんんん……っ⁉」

やがて、息苦しくなったのか、士道が手足をバタつかせ始める。

夕弦は悪戯っぽく笑うと、鼻から手を離し、その後唇と唇を離した。

「微笑。おはようございます、士道」

「お……おはよう……夕弦。……い、今のは……？」

「赤面。言わせないでください。おはようのチュウです」

「えっ、おはようのチュウってそんな命がけのやつだっけ？」

「無論。恋はいつでも命がけです」

夕弦はそう言うと、すっくと立ち上がった。

「完了。それより、朝食の準備ができています。冷める前に早く顔を洗ってきてくださ
い」

「……了解」

士道が小さく手を上げて答えてくる。夕弦は満足げにうなずくと、一足早くダイニング
へと戻った。

ほどなくして、準備を終えた士道がやってくる。

「お、ベーコンエッグにクロワッサンか。いいね。いただきま――」

「制止。ストップです士道。何か大事なことをお忘れでは？」

「え？　何かあったっけ？」

士道が不思議そうに言ってくる。夕弦はやれやれと肩をすくめた。

「吐息。――いただきますのチュウがまだでしょう」

「いただきますのチュウ⁉」

「当然。新婚ですよ?」

夕弦が自信満々に言うと、士道は困惑したような顔をしながらも、夕弦の方にやってきた。

「じ、じゃあ、いただきます」

そしてそう言って、夕弦にちゅっと口づけてくる。

「満足。では、いただきましょう」

「お、おう。そうだな」

と、士道が席に着き、今度こそ朝食を食べようとしたところで。

「——うーい……おはよー……あ、ごはんだ。私ももらっていーい?」

部屋の扉が開いたかと思うと、夕弦と瓜二つの女性が顔を出してきた。

夕弦の双子の姉妹にして、この家の隣に住む女性、八舞耶倶矢だ。寝起きだというのに顔が赤く、酒の臭いを漂わせている。髪はぼさぼさで、身に纏っているパジャマも膝の部分に穴が開いていた。

「注意。耶倶矢、昨日も遅くまで飲んでいたのですか。まったく、夕弦がいなくなった途端にこれとは。耶倶矢は駄目駄目駄目っ子ですね」

「うぇーん、そうなんだよう。夕弦が士道と結婚してからというもの、どんどん自堕落な生活に……って、いくら妄想でもなんか私の扱いヒドくない⁉」

「怪訝。何をわけのわからないことを言っているのですか。早く顔を洗ってきてください。ご飯を食べさせてあげませんよ」

「ちくしょー！　洗ってくるし！」

耶倶矢が涙目で洗面所に走っていく。

夕弦は士道と一緒に、そんな耶倶矢の様子をやれやれと眺めながら、どこか幸せそうに苦笑した。


「……そっちはどんな感じ？　アイテムは？」

「ん、まだ残ってる。このまま一気に畳みかけよう」

「……了解。んじゃタイミング合わせて」

「ああ。3、2、1——」

『ゴー』

合図と同時、七罪と士道は同時にコントローラーを操作した。

画面の中のキャラクターが軽快に動き、敵に攻撃を叩き込む。

敵は未だ抵抗を試みていたが、やがて動かなくなり――画面に、作戦成功を表す文字が躍った。

「……へーイ」

「うーい」

テンションが高いんだか低いんだかわからない調子で七罪が手を上げると、士道が似たような声を発し、手のひらをパンと打ち合わせてきた。

そう。七罪と士道は、せっかくの休日であるというのに、特に外出するわけでもなく、朝からぐだぐだとゲームに興じていたのである。

無論、お互い以外誰もいない家の中。身なりも酷(ひど)いものだった。七罪は適当に髪を引っ詰めにし、裾のほつれたクソダサジャージを臆面もなく着ている。ゲームのやり過ぎで少し視力が落ちてきたため、黒縁の眼鏡をかけていた。士道は士道で寝癖を直すこともなく、服も寝間着のままである。

絵に描いたように自堕落で、だるっだるな一日。決して褒められたものではないだろう。今琴里に踏み込まれようものなら、二人揃(そろ)ってお説教コースに違いない。

と、七罪が自嘲気味にそんなことを考えていると、二人のお腹(なか)が同時にくぅ……と鳴った。

「あー……もうこんな時間か。そりゃお腹空くわよね……」

「全然気づかなかったな。……家に何もなかったし、ラーメンでも食いに行くか」

「さんせー……」

七罪はぞんざいな調子で答えると、ジャージの上にコートを羽織って家を出た。

辺りはもうすっかり暗い。休日だからだろうか、街にはカップルや家族連れなどが、いつもより多く見受けられた。

「…………」

そんな人々の姿を見ていると、ふと胸に去来するものがある。七罪は何とはなしに、隣を歩く士道にぽつりと問うた。

「……士道ってさ、なんで私なんかと結婚したわけ？　他にもっといい子いたでしょ」

「そりゃあ、七罪が好きだから」

「……げぇっふげっふ！」

「おいおい、気をつけろよ」

「あ、あんたが変なコト言うからでしょ……」

「変だったかなあ……」

士道が不思議そうに頬をかく。七罪は眉根を寄せながら続けた。

「……だって、士道はもっとこう、ちゃんとした家庭築きそうなタイプだったじゃない。でも、私はそういうのとは真逆だし。今日もせっかくの休みだっていうのに、ぐだぐだでだるだるだったし……」

「うーん……」

士道は考えを巡らせるように腕組みすると、ふうと息を吐いてきた。

「別に、夫婦や家庭に正解ってないしな。俺は結構嫌いじゃないぞ。気を遣わなくていい関係って。まあそういうの含めて——結局、七罪が好きなんだよな」

「ごえっふげっほ！」

「いい加減慣れろよ、旦那の惚気くらい」

士道は呆れたように笑いながら、七罪の背をさすってきた。

「ほうほう……なるほどなるほど……くく、よもやそのような意味があったとはな……」

「……？　何読んでるんだ、耶倶矢？」

とある日の昼下がり、五河耶倶矢がリビングで熱心に読書していると、夫の士道が不思議そうに手元を覗き込んできた。

「──ふ、気づいたか、士道。いや、喚ばれたといった方が正しいか──」

耶倶矢はふっと目を伏せると、手にしていた本を得意げに掲げてみせた。

「此れこそは言霊の書。名は呪となり力を宿すもの。番となった我らの元にはいずれ天使が舞い降りるであろう。備えを怠るなよ、士道」

「姓名判断の本……ああ、もしかして、子供の名前を考えてたのか？　別にできたわけでもないのに、相変わらず気が早いな」

「ふ、巧遅は拙速に如かず。況してや我は颶風の御子。我が影を踏める者など居りはせぬ」

「ふーん……そっか。ちゃんと考えてるんだな。じゃあ早速今晩あたり……頑張るか？」

士道が、ニヤリと笑みを作りながら言ってくる。耶倶矢はボンッ！　と顔を赤くした。

「ま、まあ、具体的なことは追々だな……」

「さっきと言ってること違わないか？」

そう言って笑うと、士道は耶倶矢の隣に腰掛けてきた。

「まあいいや。どんな名前を考えてるとかあるのか？」

「くく、よくぞ聞いた。──見よ。名には『総画』の他に『天』『地』『人』が存在し、それぞれの画数によって吉凶を占うとのことだ。正直この時点でテンションマックスである」

「あー、なんかかっこいいよな」

士道が納得を示すようにうなずいてくる。薄々気づいてはいたが、士道は意外と耶俱矢と感性が近いところがあるようだった。

「それらを総合的に考慮し、名に言霊を纏わせた結果——」

耶俱矢はそう言うと、先ほど考えた最強の名前を、紙にさらさらと記していった。

「——男ならば五河獄天使(へるしふぁあ)、女ならば五河月女神(あるてみす)——という結論に達した」

そして、荒々しい筆致で書かれた名を、士道の前にバッと示してみせる。

「…………」

士道はしばしの間呆気(あっけ)に取られたような顔をしていたが、やがて——

「——悪くないな」

真面目な顔をして、あごに手を当てた。

「でしょでしょ!? カッコいいよね!?」

「ああ……正直どんなトンチキな名前が出てくるかと思って覚悟してたんだけど……ちょっと普通に格好よくて驚いてる」

「しっ、失礼な! 我が子の一生に関わることだし。ちゃんと考えるに決まってるでしよ」

「ごめんごめん。そうだよな。——いや、にしても良い名前だ。『地獄堕天使』って書かないところが粋だよな。女の子の方も、まさかそう読ませるとは……」

「そうそう！　さすがわかってるじゃん！　やっぱここがポイントでね——」

と、耶倶矢と士道がテンション高く語り合っていると、そこで二人の頭に拳骨が落とされた。

「あたっ！」

「いてっ！」

「——炸裂。甥っ子姪っ子の未来を守るため、八舞夕弦怒りの鉄拳です」

いつの間にか二人の後方に立っていた夕弦は、右手にはぁと息を吐きかけながら眉根を寄せた。

「な、何するし、夕弦……ていうか人の妄想に勝手に入ってくるなし……」

「無視。問答無用です。なぜ妊娠もしていないのにマタニティハイになっているのですか」

「いや、別にそんなのなってないけど……」

「——悲観。ならばもっと問題です。とにかく、そんな名前は認められません。もう一度考え直してください。夕弦と琴里、二人の親族の承認を得るまでは出生届を出してはいけません」

「そ、そんなあ……」

突然の乱入に、耶倶矢は顔をへにゃっと歪めた。

とある初夏の夜。

涼しげな浴衣に身を包んだ士道と六喰は、家の縁側に並んで腰掛け、空を眺めていた。

紫紺のキャンバスに小さな宝石をぶちまけたかのような、満天の星である。周囲に街の明かりがないからか、その輝きが一層目映く見えた。

聞こえてくる音は、風の音と虫の音、あとは互いの鼓動と息づかいのみ。

まるでこの世界には、自分たち二人だけしか人間がいないのではないか――そんな幼稚な妄想が浮かんでくるかのような、静かな空間だった。

「むん――見事なものじゃの。今日は特に綺麗じゃ」

「ああ、今日は天気も最高だからな」

呟きながら、六喰は士道の肩に寄りかかるように身を寄せた。

士道が、優しくその頭を撫でてくる。

――士道の大学卒業を待って結婚を決めた二人は、この古民家をタダ同然の安値で買い取り、移住した。

辺りに広がるのは山や田畑ばかりで、最寄りの駅まで車で一時間はかかる僻地だ。お世辞にも便利とは言い難い。実際、六喰と士道がここに移住すると言ったときは、皆驚いた顔をしたものだった。

「――なんかごめんな、六喰」

「むん？　何がじゃ？」

「や、〈ラタトスク〉が家を用意してくれるって話もあったのに、俺の我が儘に付き合わせちまって」

士道が、少し申し訳なさそうに言う。

六喰はしばしの間きょとんと目を丸くしていたが、やがて士道をからかうようにニッと笑みを作った。

「ふむん。忘れたか？　むくはかつて星の巡りを止めて、主様とともに永遠の時を宇宙で過ごそうと目論んだ女じゃぞ？　むしろ今の暮らしは理想に近い。ふふ、もしかしたら主様は知らず知らずのうちに、身も心もむく色に染まってしまっていたのやもしれぬぞ？」

「おいおい……」

「ふふ、冗談じゃ」

六喰はふっと頬を緩めた。

「――むくは毎日が楽しくて仕方ないぞ。ここはよい場所じゃ。春には花が、夏には蛍が、秋には紅葉が、冬には雪が――そして夜には星が楽しめる。なんとも贅沢な住まいではないか。それに――」

士道に視線を移しながら、続ける。

「――ここにはむくがいて、主様がいる。他に何が必要かの」

「六喰――」

士道は六喰の目を見つめ返すと、やがて小さく息を吐いた。

「ああ……そうだな。まったく、俺も駄目な男だな。――そんな六喰だから、一緒になりたいと思ったのに」

「むふ。そう捨てたものではないぞ。少なくとも、むくを喜ばせる言葉は心得ておるようじゃ」

「はは……そいつは光栄だ」

士道が小さく肩をすくめる。

二人は微笑み合うと、再び空に顔を向けた。


草木も眠る丑三つ時。しかし締め切り前の漫画家は眠れない。

人気漫画家本条蒼二――本名五河二亜の仕事場は、まさに戦場と化していた。

「ぬぅおおおおおおおお！　秘技！　原稿三枚返し！」

「できもしないことをしていないで着実に進めてください。仕上げ班が待っていますよ」

「あたーー！」

監督役のマリアに頭をはたかれ、二亜はぶー、と唇を尖らせた。

「んもー、こういうのは勢いじゃんよー。職場の雰囲気を良くするのもリーダーの仕事っていうかー？」

「仕事を溜めずに毎日少しずつ進めるのが、もっとも職場の雰囲気を良くする方法かと思いますが」

マリアが半眼を作りながら睨んでくる。二亜は「なっはっは、こいつぁ一本取られたぜ！」と自分の額をぺちこーん！　と叩いた。

と、マリアの視線が一層鋭くなったところで、キッチンの方から声が響いてくる。

「まあまあ……それよりほら、夜食できたぞ。腹が減ってはなんとやらってな」

そう言って姿を現したのは、エプロンのよく似合う青年だった。

──五河士道。二亜のラブラブ年下旦那にして、超有能アシスタント兼メシスタントである。優しげな顔をしているが、ベッドの中では意外と暴れ馬である。タートルネックで隠してはいるが、二亜の首元は彼のキスマークでいっぱいだ。

「……なんかモノローグで好き勝手言ってないか？」

「やぁん、目と目で通じ合っちゃった？」

二亜が身をくねらせてウインクすると、士道はやれやれとため息を吐きながら、二亜やアシスタントのマリアたち、そして息を切らしながら消しゴムかけをするエレンのもとに、おにぎりを配っていった。

「うおおおおお！　ダンナの愛のおにぎりでパワー全開だぜぇぇぇぇぇっ！」

士道の用意してくれたおにぎりを頰張った瞬間、二亜の全身に力が漲った。頭が冴え、肩こりがなくなり、霞んでいた目がはっきりと見えるようになる。なんという奇跡。これが愛の力。二亜は通常の一〇倍近いスピードでペンを走らせると、瞬く間に原稿を完成させた──

──などとはもちろんならず、原稿が完成したのはそれからおよそ一〇時間後。締め切りギリギリの時間だった。

「ふ……ふぃぃ……なんとか……でけた……」

ヘロッヘロに憔悴(しょうすい)した二亜は、最後の一枚をマリアに託すと、そのままぐったりと机に突っ伏した。

「はい、確かに。では編集部に届けておきます。次はこのようなスケジュールにならないようにしてください。——まあ毎回同じことを言っているような気もしますが」

マリアはチクリと一刺しすると、ぐったりしたエレンを連れて部屋をあとにしていった。

それを見送ったのち、仕上げに参加してくれていた士道が、大きく伸びをする。

「お疲れ、二亜。ちょっと寝たらどうだ？」

「んー……ベッドまで連れてってー……」

「はいはい……」

士道はやれやれと肩をすくめると、二亜をひょいと抱き上げ、仕事場から寝室へと歩いて行った。

そして、そのまま優しく二亜の身体(からだ)をベッドに横たえる。

「うぅん」

しかし、士道が離れようとした瞬間、二亜は手を士道の首に回した。

「おいおい、何だよ。疲れてるんだろ？」

「んー……そりゃそうだけどぉ、それ以上にほら、ここんとこ締め切りでお預けだったじゃん？　……ダメ？」

二亜が猫撫で声で言うと、士道は悪戯っぽい笑みを浮かべた。

「ダメ。もっと可愛く誘ってくれないと」

「好きだっちゃ、ダーリン♡」

「おまえ、いつも飄々としてる割に、肝心なとこで照れ隠しするよなぁ」

「……んもー……意地悪ぅ……」

二亜が拗ねるように言うと、士道はふっと苦笑し、そのまま二亜に覆い被さってきた。


活動の場をアメリカに移したのち、数々のヒットチャートを塗り替え、生ける伝説となったアイドル・オブ・アイドルズ、誘宵美九。

そんな彼女が、実は既婚者なのではないかとの噂が立ったのは、日本凱旋ライブを目前に控えたある日のことだった——

「……あー、やっぱりいるな。記者っぽいのがあっちにもこっちにも」

カーテンの隙間から外を覗きながら、美九の愛しのだーりん・五河士道は困ったように息を吐いた。

そう。美九が結婚しているという噂は、完全に真実だったのである。

「んー、困りましたねぇ。どこから漏れたんでしょう」

美九は、言うほどには慌てていない調子で、紅茶をひとすすりしながら呟くように言った。

「〈ラタトスク〉関係の皆さんとは思えませんし、婚姻届を提出した役所か、結婚式場のスタッフか、この前一緒に出かけたときのお店の方か……」

「……うん。めっちゃ心当たりあるな」

「あははー。でも、ようやく事務所側も折れてくれました。今度のライブが終わったら、結婚を発表してもいいらしいです」

「えっ、本当か?」

「はいー。――ただ、『実は結婚してました』じゃなく『結婚します』にさせてくれっていう話でしたけど。まったく、だから私たちが結婚するって言ったときに、素直に発表しておけばよかったんですよー」

「はは……まあ、事務所的には結婚自体反対だったみたいだしな……」

士道はそこで、何かに気づいたように「ん？」と眉を揺らした。

「でも、今度のライブが終わったらってことは……」

「ええ。それまでは絶対に証拠を摑まれないようにしてくれって言われましたー」

「なるほど。……そうなると、しばらく外出は控えた方がいいかもな。今日のデートも残念だけど──」

「──えぇぇぇぇぇぇぇぇっ⁉」

士道の言葉を遮るように、美九は悲鳴じみた声を上げた。

「そんなのないですぅ！　せっかく久々にお休みが取れたのにぃ！」

「いや、でも仕方ないだろ。今バレるわけにはいかないんだから……」

士道が困り顔をしながら言う。その顔は、彼の中性的な容貌も相まって、食べてしまいたくなるくらいカワイかった。

「──あ」

と、そこで美九に天啓が下る。

「ピッコーン！　記者さんにバレずにデートを楽しむいい方法を思いつきましたぁ！」

「……………、なんだか嫌な予感しかしないんだが……なんだ？」

「うふふ、それはぁ……」

美九はにんまりと笑うと、バッと立ち上がり、パウダールームから各種化粧品を、クローゼットから女性ものの服を持ってきた。

「――お会いしとうございました、士織さぁぁぁぁんっ！」

「ギャァァァァァァァァァァァァ――――ッ！」

美九が目をキラッキラさせて詰め寄ると、士道が絶叫じみた声を上げて後ずさった。

「ちょ、ちょっと待て！　冷静になろう！　高校のときでもキツかったのに、今の俺には絶対無理だ！」

「何を言ってるんですかぁ！　だーりんはあのときと変わらず可愛いままですよぉ！　さあ、脱ぎ脱ぎしましょうねぇー！　お姉さんが下着から選んであげますからねぇー！」

「きゃあああああああああああああああっ⁉」

美九が、シャツのボタンを引きちぎらん勢いで服を脱がせにかかると、士道が絹を裂くような甲高い悲鳴を上げた。


朝のキッチンに、トントンと小気味のいい音が鳴り響く。

辺りに漂うは出汁の香り。調理台に並ぶは下拵えを済ませた食材。

そう。新妻・五河狂三が、愛する夫のため、朝食とお弁当を作っていたのである。

今日のメニューは、鰺の開きに酢の物、きんぴらごぼう、自家製のぬか漬けと、和風に纏めてみた。ご飯は夫の好みに合わせてやや硬めに炊き上げ、味噌汁の具は豆腐とわかめである。

無論、お弁当の方も手は抜かない。鶏の唐揚げを中心に、卵焼き、朝食軍からの刺客・きんぴらごぼうなどを詰め、ご飯はおかかを間に挟んだのり弁に仕上げる。

「よし──と。こんなところですわね。次は──」

と、狂三が次の工程に取りかかろうとしたところで──

「──きゃっ！」

不意に背後から抱きつかれ、狂三は小さく悲鳴を上げた。

「おはよう、狂三。朝から精が出るな」

「士道さん。もう、驚かさないでくださいまし」

狂三がぷくっと頬を膨らせながら言うと、士道は後方から狂三の肩を抱いたまま、悪戯っぽく笑った。

「ごめんごめん。起きてきたら、台所に可愛い背中が見えたもんで、つい。やー、何度見てもいいもんだよな。まさに新妻っていう感じで」

「もう、ふざけないでくださいまし。包丁を持っているときに近づくと危ないですわよ」

「いいじゃんかよー。――お、いい匂いさせてると思ったら、卵焼きだ。なーなー、狂三ー」

言って士道が、おねだりをする子供のように狂三の身体を揺すってくる。狂三はため息を吐きながらも、「はいはい」と苦笑した。

「仕方ありませんわね。ほら」

そして箸で余った卵焼きをつまみ上げ、士道の口元に差し出す。

すると士道が、餌を啄むひな鳥のような調子で、ぱくりとそれに食らいついた。

「ん、美味い。また腕を上げたんじゃないか?」

「あらあら、お上手ですわね。さ、気が済んだら離れてくださいまし」

――狂三が言うと、士道はニィッと頬を歪め、怪しげな手つきで、狂三の身体に指を這わせてきた。

狂三はビクンと全身を震わせた。だがそれも無理からぬことである。

なんと狂三は今――エプロン以外何も身につけていない、いわゆる裸エプロン状態だったのだから!

「おいおい、何言ってるんだ? 朝からこんな格好してるようなヤツがさ。正直になれよ。

誘ってるんだろ……？」

「きゃ……っ、んん……っ、そ、そんな……士道さんがこうしろと仰ったのではありませんの……」

「んんー？　そうだったかなぁ？　なら、従順な雌猫にご褒美をくれてやらないとなぁ……？」

士道は好色な笑みを浮かべると、ペロリと唇を舐めた！　その指は淫蕩な蛸のような動きで以て、新妻の白い肌を蹂躙していく！

「あ……っ、やぁ……っ——」

狂三の唇から漏れた拒絶の言葉は、しかし甘い嬌声でもあった！

嗚呼、頼りなげな薄布一枚では、彼女の熟れた肉体を抑えきれるはずもなく——！

「——二亜さん、美九さん！　勝手に人の新婚生活を捏造しないでくださいまし！」

「あっ、やっべバレた。……でもくるみん×新妻って、絶対エロいやつじゃん？　爛れてないとガッカリするまであるじゃん？」

「ですですぅ。あ、もしかして攻める方がよかったですか!?　それもアリですぅ！」

「ですから、勝手な想像はやめてくださいまし！　そんなはしたない真似はいたしませんわ。わたくしならもっと淑やかに、それでいて悪戯な猫さんのように……、――はっ」

「えっ？　なになに⁉　くるみんのプランもっと聞かせて⁉」

「きゃーっ！　悪戯な猫さんのように何をするんですかぁーっ⁉」

「も、もう……なんでもありませんわ！」


天宮市内にある産婦人科医院。

その一室でベッドに腰掛けながら、鳶一改め五河折紙は、ゆったりとしたパジャマを身に纏い、大きくなったお腹を愛おしげにさすっていた。

「――今、蹴った」

「どれどれ？」

折紙が言うと、隣に座っていた夫――士道が、折紙のお腹に優しく手を触れた。

そして手に神経を集中するように目を閉じ、やがて「おっ！」と声を上げる。

「本当だ。こりゃ元気のいい子が産まれそうだな」

「うん」

士道の言葉に、折紙はふっと微笑んだ。

経過は順調。このままいけば、今月中にも産まれてくるだろう。

出産に対する不安がまったくないといえば嘘になる。けれど、それを遥かに超えるくらいの幸福感と充実感が、折紙の身体を満たしていた。

「――士道」

「ん？　どうした？」

「私、幸せ」

「はは、なんだよ急に」

士道は可笑しそうに笑っていたが、やがてふっと息を吐くと、折紙の肩を抱くように身を寄せてきた。

「――俺もだよ、折紙。これ以上ないってくらいな」

「うん……」

折紙は微笑を浮かべながらうなずくと、士道に甘えるようにもたれかかった。

と、そのときである。

「――また、いちゃいちゃしてる」

不意に扉が開いたかと思うと、折紙を小さくしたかのような女の子が、病室に入ってきた。

「千代紙」

折紙は視線をそちらにやると、女の子の名を呼んだ。

彼女の名は五河千代紙。士道と折紙の長女である。

そう。なんと折紙、これが初産ではなかったのだ。

「おかあさんばっかり、ずるい。わたしだっておとうさんとあそびたいのに」

千代紙がぷくー、と頰を膨らせる。士道がごめんごめんと苦笑した。

すると、今度は士道によく似た男の子が病室に入ってくる。

「あんまりむちゃいうなよ、ちぃ。おとうさんこまってるだろ」

「貴士」

折紙は男の子の名を呼んだ。

彼の名は五河貴士。士道と折紙の長男である。

そう。なんと千代紙は双子だったのだ。

否、それだけではない。貴士のあとに続くようにして、小さな男の子や女の子が次々と病室に入ってきた。

「おとーさーん」

「あかちゃんいつうまれるのー？」

「あそぼーよー」

「おなかすいたー」

「てれびみていいー？」

「おしっこいきたいー」

「正士、折絵、折子、篤士、賢士、折姫」

そう。なんと折紙は子だくさんだったのだ。

士道は「我ながら頑張ったな……」というように乾いた笑みを浮かべながら、もう一度折紙のお腹を撫でてきた。

「この子が産まれたら、ホントに子供たちだけで野球チームが作れちまうな……」

「うん。――でも、まだまだ」

「おいおい……サッカーチームでも作るつもりか？」

士道が肩をすくめながら言う。

折紙はふっと微笑むと、士道の耳元に囁きかけた。

「――目指せ、アメリカンフットボール」

「——ただいまだ、シドー！」

十香は勢いよく玄関を開けると、家中に響き渡らんばかりに、元気よく声を上げた。

身に纏うは黒のスーツ。タイトスカートにストッキングを穿き、髪はアップに纏めている。絵に描いたようなキャリアウーマンスタイルだった。ついでに眼鏡もかけていた。度は入っていなかったが。

ほどなくして、キッチンの方から、エプロンを着けた優しげな男性がやってくる。——十香の夫、夜刀神士道である。

「おう、お帰り十香。ちょうどご飯ができたところだぞ」

そして、十香を出迎え、そう言ってくる。

そう。夜刀神家は、妻が外で働き、夫が家事をする、専業主夫家庭だったのである。

「おお、本当か⁉　今日は何だ⁉」

「今日は豚の生姜焼きと獅子唐の焼き浸し——」

十香が問うと、士道は指折り数えるようにしながら続けた。

「あとハンバーグとトンカツとオムライスと牡蠣フライとエビチリと麻婆豆腐と春巻きとローストチキンとグラタンとビーフシチューとガパオライスとカオマンガイと真鯛のグリエ～春風の香りとともに～だ」

「おお！　今日は豪華だな！」

「ああ。なんてったって今日は——四月一〇日だからな。誕生日おめでとう、十香。ちゃんと食後にケーキも用意してあるぞ？」

「な……なんと！　完璧ではないか！」

十香が目を見開きながら両手を戦慄かせると、士道があははと笑いながら肩をすくめてきた。

「そう。完璧だ。だから早く手を洗ってきな」

「うむ！」

十香は大仰にうなずくと、転がるように洗面所へと走っていった。そしてハンドソープを使い、丹念に手を洗う。

「む——」

と、そこで左手の薬指に光る、銀色の結婚指輪が目に入った。

ふと、あのときの光景が脳裏によぎる。

そう。あれは去年の四月一〇日。十香は皆の前で士道に跪いて指輪を差し出し、『毎朝私の味噌汁を作ってくれ！』とプロポーズをしたのである。

「あれから一年——か」

早いものだ、と十香は感慨深げに息を吐いた。

あれから一年。十香は琴里の紹介でアスガルド・エレクトロニクス系列の会社に入社し、営業職として働いてきた。

仕事は大変だったが、毎日充実していたし――何より家に帰れば、士道が美味(おい)しいご飯を用意して出迎えてくれる。それが、十香には何より嬉(うれ)しかった。

「おーい、十香、まだかー？」

「――うむ、今行く！」

十香は元気よく返事をすると、ダイニングへと向かった。

テーブルの上には既に、色とりどりのご馳走(ちそう)が並べられていた。

「お、来たか。さ、食べようぜ」

「うむ。――シドー」

「ん？　どうした？」

「――幸せにするぞ」

十香が言うと、士道は一瞬キョトンとしたのち、ふっと頬を緩めた。

「どうしたんだよ、急に」

「いや、ふとそう思ってな」

「ふうん……でも、それは難しいんじゃないかな?」

「む?」

十香が首を傾げると、士道はニッと笑いながら言った。

「――俺、今めちゃくちゃ幸せだぜ?」

「――い――、――おい、みんな!」

『…………っ!』

そんな声をかけられ、元精霊の少女たちは同時にハッと肩を震わせた。

見やるとそこに、着慣れないスーツを身に纏った少年が立っていることがわかる。――五河士道。十香や折紙たちと同じく、彩戸大学に通う大学一年生だ。当然ではあるが、まだ誰の夫でもない。

そこで、思い出す。なんだか長らく妄想に浸ってしまっていたが、今はタマちゃん先生と神無月の結婚式の真っ最中だったのである。

「どうしたんだよ、みんなしてボーッとしちまって」

「い、いや……すまぬ。なんでもないぞ」

「はい……なんでもありません」

「そう。ちなみにアメリカンフットボールのスターティングメンバーは、攻守合わせると二二名」

「えっ、なんで急にアメフトの話……？」

十香たちが誤魔化すように言うと、士道はよくわからないといった顔をしながら首を傾げた。

「……まあいいや。それよりほら、ブーケトスが始まるらしいぞ」

「ブーケトス？」

十香が問うと、それに答えるように士道がうなずいた。

「ああ、花嫁が持ってる花束があるだろ？　あれを女性の参列客に向かって投げるんだ。キャッチした人が、次の花嫁になるって言われてて――」

『…………！』

瞬間。

士道の言葉を聞いて、少女たちの間にピリッと緊張感が走った。

一瞬、皆の視線が交わる。なんとも不思議なことに、それだけで互いの考えが手に取るようにわかった。

「ふうん……ブーケトス、ね」

「まあ——結婚式には付き物の余興ですわね」

「くく、花束を取る、だと？ 颶の八舞にとっては容易きことよ。あ、あくまで勝負が好きなだけであって、次の花嫁云々はどーでもいいんだけどね!?」

「宣言。同じくジンクスには興味ありませんが、勝負と聞いては黙っていられません」

「知ってますかー？ 花はアイドルのもとに降り注ぐんですよー？」

「わ、私も……欲しいです」

「え……私は……別にいいかな……」

「むん、負けぬぞ、皆」

「ゲホッ、ゲホッ、持病の癪が……ブーケがもらえれば治る気がするんだぜ……」

「——ところで、最後にブーケを持っていた者が勝者ということでいいの？」

「ならば、本気でいかせてもらう！」

などと口々に言いながら、元精霊の少女たちは、女性の参列客が集まっているエリアへと歩いていった。

「お、おーい……？」

背後から、戸惑うような士道の声が聞こえてきたような気もしたが、今の少女たちに、それを気にしている余裕はなかった。獲物を見据えるような目でタマちゃんの方を見つめながら、静かに狩り場へと至る。

「お、十香ちゃんたちやっときた」

「さ、じゃあタマちゃん先生、一発ポーンとお願いします！」

「……ていうか、なんか背中が熱いような寒いような……何これ？　殺意の波動？」

十香たちと同じく式に参列していた、元クラスメートの亜衣麻衣美衣が皆を迎え入れ、タマちゃんに合図を送る。

すると階段の上にいたタマちゃんがこくりとうなずき、皆に背を向けた。

「はい、じゃあいきますよぉ。私の溢れんばかりの幸せを！　ちょっとだけ皆さんにお裾分けしちゃいます！　――そぉーれっ！」

そしてそんなかけ声とともに、純白のブーケが空に舞う。

『――――！』

瞬間、元精霊の少女たちが、一斉に地を蹴った。

他の参列客たちも皆空に向かって手を伸ばしてはいたが、明らかに集中力と反応速度が違っていた。後方に陣取っていたはずの少女たちが一瞬にして群衆の中に分け入り、ベストポジションを確保する。

先んじたのは八舞姉妹である。風の八舞の名に恥じぬ俊足を以て、二人同時に、放物線を描く前のブーケに飛びかかる。

「くぬ……っ！」

「誤算。く……！」

しかし、二人同時に飛びかかったのが仇となった。二人はブーケに手を触れながらも、空中で激突し、ブーケを弾き飛ばしてしまったのである。

「おっとタナボタチャンス！」

「いただきですぅ！」

次いで手を伸ばしたのは、身長で勝る二亜と美九だった。

が、二人がブーケに触れた瞬間――

「むん――！」

下方から六喰が手を伸ばし、再びブーケを空に弾き飛ばす。

「あ……っ！」

「きゃっ」

「あら――」

そしてブーケは、四糸乃、琴里、狂三の手を順に跳ね回ったところで、

「ふ――――ッ」

「させるか！」

そこに控えていた折紙と十香に、同時にキャッチされた。

しかし、二人の力は拮抗。ブーケは二人の手をすっぽ抜け、またも宙を舞うと――

「……えっ？　えっ？」

端っこの方で縮こまっていた七罪の手に、スポッと収まった。

『…………！』

が、勝負はそこで終わらなかった。ブーケの所在を知った少女たちが一斉に視線を向けると、七罪が「ひっ」と息を詰まらせ、ブーケを明後日の方向に投げ飛ばしてしまったのである。

果たしてブーケは、本日幾度目とも知れぬ空中散歩を経て、終着点へと辿り着いた。

――皆と離れた位置に立っていた、五河士道の手の中に。

「…………へ？」

突然ブーケを受け取ってしまった士道は、ポカンとした様子で辺りを見回した。

が、すぐにその身と表情を強ばらせる。

気づいてしまったのだろう。自分目がけて突進してくる少女たちの姿に。

『…………っ！』

「う、うわぁぁぁぁぁぁぁぁぁぁッ!?」

結婚式場の空に、鐘の音よりも遠く高く、未来の新郎の悲鳴が響き渡った。

七罪エレクション

ElectionNATSUMI

DATE A LIVE ENCORE 11

「……うわ。何の人だかり？」

廊下に集まる生徒たちの群れを見て、鏡野七罪は心底嫌そうにため息を吐いた。

常日頃から陰鬱そうな形をした双眸はさらに歪められ、口角の下降はとどまるところを知らない。心なしか、普段から猫背気味の姿勢もいつもより丸まっていた。

都立来禅高校、一階に位置する掲示板の前。そこに一年生から三年生までが入り乱れて、何やらわいきゃいと色めき立っている。

まあそれ自体は構わないのだが、問題は、それが七罪たちの進行方向上で展開されているということだった。

「あそこ通らないと教室いけないいんだけど……これわりと深刻な構造的欠陥じゃない？」

「あはは……」

七罪の言葉に苦笑したのは、七罪と揃いの制服を着た少女——氷芽川四糸乃だった。

とはいえ、七罪とお揃いなのは服だけで、他の要素は比べるのも烏滸がましいレベルである。ふわふわの髪に優しげな顔立ち、つやつやお肌に鈴の声。世界が嫉妬する全宇宙超女神だ。結婚したい。

ちなみに、ウサギのパペット『よしのん』は家でお留守番中である。昔は常に一緒でなければならなかった四糸乃だが、高校に進学してからは、こうして一人でも学校に来ることができるようになっていたのだ。

「でも、本当に何があったんでしょう。定期テストの結果が貼り出されるような時期じゃないと思いますけど……」

「んー、先生のスキャンダルでも貼り出されたんじゃない？」

冗談めかした調子で、後方にいた五河琴里が言ってくる。

こちらも来禅高校の制服を着た、七罪のクラスメートだった。どこか猫を思わせる双眸と、白と黒のリボンで括られた長い髪が特徴的な少女である。

「なんでもいいけど、早く退いてほしいわね……」

と、うんざりしながら呟いたところで、七罪は微かに眉根を寄せた。

前方の人だかりの中に、見知った顔が二つ、見受けられたのである。

一人は、ポニーテールと泣き黒子がトレードマークの、精悍な顔立ちの少女――崇宮真那。

もう一人は、お団子に纏めた艶やかな髪と、高校生離れしたプロポーションを誇る少女――星宮六喰だ。

双方、七罪と同じクラスに属する友人であった。

「――おや？」

「ふむん？」

七罪が二人の存在に気づくと同時、彼女らもまたこちらに気づいたらしい。微かに眉を上げて、七罪たちの方に歩いてくる。

「皆さんも公示を見に来やがったんですか」

「むん。事実は小説よりも奇なりとは申すが……むくも正直驚いたぞ」

そしてそう言って、ううむと腕組みしてくる。

何が何だかわからず、七罪たちは首を傾げた。

「ちょっと通りかかっただけなんだけど……一体何があったの？」

七罪の後方から琴里が問う。すると真那が、「あ、そうでしたか」とあとを続けた。

「――今度の生徒会長選挙ですよ。候補者一覧が発表されやがったんですが、これがなかなか、波乱の展開になりそうで」

「……ふーん……」

案の定まったく興味のない話題だった。七罪は半眼を作りながら気のない返事をした。

すると真那が、意外そうに目を丸くしてくる。

「おや七罪さん。随分と余裕ですね」

「……は？　いや、別に誰が生徒会長になろうが大して差はないでしょ」

七罪は頬をかきながら言った。生徒会が強大な権力を握り、校則や学校生活にまで影響を及ぼすのは、創作物の中だけの話だ。実際は誰がなろうと、大したことは起こらないだろう。

しかし真那と六喰は、そんな七罪の言葉に、「はぁー……」と、どこか感心したように息を吐いた。

「なるほどなるほど……大物でいやがりますね」

「むん。頂を目指す者は泰然と構えねばならぬということかの」

「……？　さっきから一体何を……」

と、七罪が怪訝そうに言ったところで、前方にできていた人垣がゆっくりと割れていった。

必然、それに覆い隠されていた掲示板がちらと見えるようになる。

「…………、はぁ⁉」

七罪は目を剝くと、慌てて掲示板へと走っていった。

そして——

「な、ななな……なぁぁぁんじゃぁぁこりゃぁぁぁ——————ッ⁉」

人目もはばからず、絶叫を上げる。

周囲に残っていた生徒たちがビクッと肩を震わせるが、そんなものを気にしている余裕さえ、今の七罪にはなかった。鬼気迫る表情のまま、齧り付くような格好で掲示板に爪を立てる。

だが、それも無理からぬことではあった。

掲示板に貼られていた、生徒会長選候補者一覧。

その中に――『鏡野七罪』の名前が、燦然と記されていたのだから。

「ふむん……ということは、七罪が自分で立候補したわけではないのじゃな？」

授業が始まる前の休み時間。

一年二組の教室で、六喰が腕組みしながら首を傾げてきた。高校一年生とは思えない凶悪なバストが、腕に圧迫されてぎゅうと強調される。……まあ、本人にはまったく自覚がないようだったが。

「当たり前でしょ……私みたいな日陰者が、生徒会長なんてできるわけないいじゃない……」

七罪は、机に突っ伏し頭を抱えながら、呻くような声を発した。

「……いい？　ああいうのはね、優等生の中でも特に自己顕示欲の強いギラギラしたやつがやるもんなのよ。学校をよくしたいー、とか、自己研鑽をー、みたいなのは全部建前よ。基本的にあいつらの腹の中にあるのは、全校集会で愚民共を見下ろしたい支配欲と、効率的に内申点を稼ぎたいって打算だけなんだから」

「よくもまあ、そこまで悪し様に言えるもんですねぇ……」

真那が汗を滲ませながら、どこか感心したように言う。

すると、その隣にいた琴里が大仰に肩をすくめてきた。

「さっき先生に確認してみたけど、どうやら立候補の他に推薦枠ってのがあるらしいわ。代表推薦人が二〇名以上の署名を集めた場合、本人が立候補してなくてもエントリーされるみたい」

「すごいです。七罪さんに生徒会長になってほしいって思う人がたくさんいたんですね」

琴里の言葉に、四糸乃が目を輝かせる。なんと純粋かつ清らかな心を持った少女だろうか。結婚しよう。

だが、七罪は陰鬱な表情のまま首を横に振った。

「……違うのよ四糸乃。これはあれよ。いじめの一種よ。日陰者を無理矢理表舞台に立たせて恥をかかせようって魂胆よ。雑巾を効率よくいじめるコツは綺麗に飾り立ててやることだって、昔の漫画でも言ってたわ」

七罪は憎々しげに言うと、親指の爪を噛んだ。

「誰よ一体……こんな陰湿な嫌がらせを……まさか三組の大野が、前廊下でぶつかったことを根に持って……いや、田口もよく私のこと気持ち悪そうに睨んでくるし……ああ、体育の時間に人数余りで組まされた溝内っていうセンも……」

と、苦笑する皆の中、七罪がぶつぶつと呟いていると、そこで教室の扉が勢いよく開け放たれた。

「──綾小路花音！　好きな言葉は草の根民主主義よ！」

などと高らかに宣言して、派手な容貌の少女がビシッとポーズを決めてみせる。

七罪のクラスメートにして友人、名は本人が名乗ったとおり、綾小路花音である。背後に友人の小槻紀子を従えていた。

「最終的には腐敗しそうな名前ですよね」

「朽ちた草は次の世代の肥やしとなるわ！」

紀子のツッコミに、バッと大仰な身振りを付けながら花音が返す。やけに芝居がかった調子だったが、これが彼女の平常運転であることは、七罪をはじめ皆知っていた。

「──あら？　どうかしたのかしら、七罪さん？　いつにも増して隈が濃い気がするけれど」

花音が七罪の様子に気づいたように言って、歩みを寄せてくる。七罪は疲れたように息を吐きながら返した。

「……ああ、うん。ちょっとね。誰の仕業か知らないけど、生徒会長選に私の名前が……」

「ああ！」

七罪が言いかけたところで、花音がパンと手を叩いた。

「ご覧になったのね！　驚いたでしょう!?　私が推薦しておいたの！　七罪さんを是非生徒会長に！　って言ったら、みんな快く協力してくれて──」

そして、目をキラキラさせながらそう言う。

が、花音はすぐにキョトンとその目を丸くした。

恐らく気づいたのだろう。七罪が憤怒の形相で、わなわなと手を震わせていることに。

「お、お、おおおおおおお──」

「お？」

「おまえかぁぁぁぁぁ────ッ!?」

七罪は椅子をガタッと後方に倒しながら、机に手を突いて立ち上がった。

「えっ？　え……っ⁉」

「まさかこんなにも近くに犯人がいるとはなぁぁぁ……ッ！　一体何が目的⁉　私に何か恨みでもあるの……⁉　まさか中学の体験入学のときのことをまだ根に持ってるの⁉　それともこの前のお弁当のときのおかず交換、やっぱり卵焼きと唐揚げじゃ不公平だと思ってたの⁉　それとも――」

と、熱狂のままに捲し立てていた七罪は、そこで言葉を止めた。

理由は単純。花音が、青い顔をしながら目に涙を溜めていたからだ。

「ご、ごめんなざい……ぞんなづもりじゃ……私……七罪ざんならぎっどこの学校をよぐじでぐれるっで……」

「う……」

七罪が怯むように言いよどむと、花音の背後から、紀子がぬっと顔を出した。

「あーあー、泣かせちゃいましたね。まあ、確かに本人の許可を取らずに先走ったのはよくないですけど。でも、花音さん頑張ったのになあ。新会長に相応しいのは七罪さんしかいないわ！　って、あの気位の高い花音さんが、みんなに頭を下げて署名してもらって。推薦可能人数を達成したときはそれはそれは嬉しそうだったのに……」

「ぐ、む……」

半眼の紀子に言われ、七罪は苦しげに呻くと、やがてはあと大きなため息を吐いた。

「……悪かったわよ。今のはものの弾みというか……本気ってわけじゃないから……」

「ほ、ホント……？　怒ってない？」

「怒ってない」

「私、まだ七罪さんの友だち……？」

「……と、友だちよ」

七罪が気恥ずかしそうに言うと、花音はパァッと顔を輝かせ、涙を拭って大仰に胸を張った。

「綾小路花音！　長所は立ち直りが早いところよ！」

「三歩で忘れるので、前世は鳥ともっぱらの噂です」

「不死鳥の花音と呼んでちょうだい！」

花音がフッと不敵に微笑みながらポーズを取ってみせる。

七罪は今し方倒してしまった椅子を起こしてから、やれやれと頭をかいた。

「……まあ、いきなりだったから取り乱したけど、あくまで候補者一覧に名前が載ったってだけだしね。生徒会長って、生徒会役員経験者が選ばれるのが通例っぽいし……」

七罪は自分に言い聞かせるようにそう言った。

実際、七罪には何の地盤も実績もない。泡沫(ほうまつ)候補もいいところだ。いきなり生徒会長に選ばれるようなことはあり得ないだろう。

だが、そこで琴里が微(かす)かに眉根を寄せた。

「うーん……でも今年は、ちょっと状況が特殊みたいよ」

「特殊？」

「ええ。なんでも前回の役員が、親の都合で転校したり、飛び級で海外の大学に行ったり、全国をヒッチハイクで回るために休学したりして、軒並みいなくなってるらしいのよ。だから今度の生徒会は、完全にメンバーが一新されるみたい」

「は……!?」

琴里の言葉に、七罪は目を剥いた。

「な、何よそれ……ていうか前者二つはまだしもヒッチハイクって何!? 生徒会の責任果たしなさいよ!?」

「私に言われても」

琴里が七罪を宥(なだ)めるように手のひらを広げながら言ってくる。

七罪はわしわしと髪をかきむしりながら、はあと息を吐いた。

「……ま、まあ、って言っても、他にも候補者はいっぱいいるわけでしょ……？　入学したての一年生、しかもこんなちんちくりんに投票する馬鹿なんて――」

「――あ、今学校の裏サイトで下馬評が出ました。七罪さんは暫定一位だそうです」

「はぁ⁉」

真那がスマートフォンを見ながら言ってくる。七罪は素っ頓狂な声を上げた。

「ちょ、ちょっと待ってよ！　何それ、あり得ないでしょ⁉　ていうか裏サイトって何⁉」

「生徒が勝手に運営している非公式サイトです。入学するときに折紙さんから教えてもらいました。まああんまり褒められたものじゃねーですが、幅広い情報を得るためには、清濁併せ呑むのも必要ってことで。――ちなみに投票理由は、『なんだかんだ面倒見がいい』『中学の文化祭のときの働きがヤバかった』『有能』『弱き者の痛みを知ってそう』『かわいい』でした」

「はぁぁぁぁぁぁ――ッ⁉」

真那の追加情報に、またも七罪は絶叫した。

と、次の瞬間、まるでその声に呼び寄せられたかのように、再び教室の扉が開き、長身の少女が姿を現した。

上履きの色から察するに二年生だろう。端整な鼻梁に、短く整えられた髪。その優雅な立ち姿は、まるでどこかの王族を――それも姫ではなく王子を――思わせた。

「――君。鏡野七罪さんはこのクラスで合ってる？」

少女が、近くにいた女子生徒に尋ねる。女子生徒は「は、はひ……！」と顔を真っ赤にしながら答えると、七罪の方を指さしてきた。

「ありがとう」

短く礼を言って、少女が七罪の方に歩いてくる。

「…………!?」

その身体から立ち上る圧倒的な陽の気に、七罪は顔中にぶわっと脂汗を滲ませた。

「君が鏡野七罪さん？」

「…………いえ、違います……」

あまりのキラキラ感に耐えかね、思わずとぼけてしまった。

「え？」

少女が目を丸くする。と、七罪の周りにいた四糸乃たちが、ぶんぶんと首を振って「合ってます」と訂正した。

「ふふ、面白い子だね。――私は城之崎都。君と同じく、生徒会長選に立候補した者だよ」

「……！　城之崎――!?」

その名を聞いた瞬間、真那がぴくりと眉を揺らした。

「ふむん？　知っておるのか、真那」

「はい。確か――生徒会長選、下馬評同率一位の先輩でいやがります！」

『……!?』

真那の言葉に、皆が目を見開く。

都はふっと微笑むと、七罪に向かって手を差し出してきた。

「一年生で生徒会長選に出馬するなんて、素晴らしい向上心と愛校心だ。一度顔を見てきたくてね。――どちらが勝っても恨みっこなしだ。正々堂々戦おう！」

そしてそう言って、爽やかな笑みを浮かべてくる。何の冗談でもなく、唇の合間から覗いた白い歯がキラリと光ったように見えた。

「……あ、や、私はその、ふ、ふひっ……」

七罪が、太陽光に炙られたモグラのように目を細めてしどろもどろになっていると、都は力強く七罪の手を摑んで、ぐっと握手をしてきた。

「よろしく頼むよ！　鏡野さん！」

「あ、あがががががががが――」

温かで力強く、覇気に溢れた握手。

――ではあるのだけれど、なぜだかヒットポイントが削られていく気がしてならなかった。回復呪文をかけられたアンデッドモンスターの気持ちが何となくわかった七罪だった。

では！　と去り際まで爽やかに、都が教室を後にする。

「……ふぎゃ……っ――」

しばらく呆然と突っ立っていた七罪は、都の足音が完全に聞こえなくなったところで、緊張の糸が切れたかのようにその場にくずおれた。

「な、七罪さん⁉」

「大丈夫⁉」

皆が、心配そうに言ってくる。

七罪は、教室の天井を眺めながら、うわごとのように呟いた。

「な、何あれ……同じ人間？　生徒会になんて入ったら、全校生徒の前で晒し者にされた挙げ句、あんな光の巨人と付き合わなきゃならないの……？」

七罪は、固く拳を握りながら、その決意を口にした。

「……ど、どんな手を使ってでも……落選してやる……ッ……！」

◇

翌朝。

朝食を摂り、身支度を整えた琴里は、いつものように家の前で四糸乃、六喰、真那たちと合流した。

「おはよー……って、あれ、七罪は？」

手を振りながら挨拶をし——首を傾げる。

そう。いつもなら彼女らと一緒にいるはずの七罪の姿が、どこにも見えなかったのである。

「あ……七罪さんは、やることがあるからって先に学校に行きました」

「やること……？」

四糸乃の言葉に、琴里は眉根を寄せた。

別に普段ならそこまで気になるようなことでもないのだが……昨日のことがあっただけに、少し不安な気分になったのである。

「どんな手を使ってでも落選するって言ってたけど……一体何をするつもりかしら」

琴里が言うと、六喰が何かを思い出したように眉を揺らしてきた。

「そういえば、昨日マンションに帰ったあと、何やら部屋で『準備』をすると言っておったが……」

「準備？　何の……？」

「わからぬ。——とはいえ七罪は頭のよい娘じゃ。そう馬鹿な真似はせぬと思うが」

「まあ、それはそうだけど……」

六喰に言われて、琴里は頬をかいた。

彼女の言うとおり、七罪は出会った当初こそ悪戯好きであったものの、今では元精霊組の中でも指折りの良識派にして常識人だ。少し心配しすぎかもしれなかった。

「まあ、ここでうだうだ考えてても仕方ねーです。早く学校に行きましょう」

「ん……そうね」

真那に促され、琴里たちはいつもよりやや足早に学校へと向かった。

歩き慣れた通学路を辿り、住宅街を抜け、校門に至る。

そしてそのまま前庭を通過して昇降口へと行こうとし——

そこで、琴里たちは足を止めた。

「…………は？」

校舎の入り口のほど近く。

　そこに、一人の小柄な少女が、大股を開いて屈み込んでいたのである。

　ブレザーを肩掛けにし、胸元のリボンはだらりと垂れ下がっている。スカートは必要以上に短くされており、その下には体操着のジャージを着用していた。目には色眼鏡。口には煙草（のようなもの）。眉の間には深い皺が刻まれ、道行く生徒を逐一威嚇するように「あ？」とか「お？」とかと（どこか遠慮がちに）声を上げている。

　……なんだか、ステレオタイプな不良を再現しようとした結果、奇妙な形になってしまった感が満載だった。

「……何してるの、七罪」

　琴里はひくひくと頬を痙攣させながら、その少女に声をかけた。

　すると七罪は、人差し指で色眼鏡をずらし、こちらを見上げるようにしながら返事をしてきた。

「ああ……おはよ。見ればわかるでしょ。選挙活動よ」

「選挙活動……？」

　琴里が怪訝そうに問うと、七罪はこくりとうなずいた。

「……そ。ふ、ふふ……いくらなんでも、こんな素行の悪いやつを生徒会長にしたいとは思わないでしょ……？」

「な、なるほど……？」

琴里は頬にたらりと汗を垂らした。

「ところで七罪、あなた、全校生徒の晒し者になるのが嫌だから生徒会長になりたくないって言ってなかった？」

「他にも理由はあるけど……まあ、そうね」

「…………」

琴里は辺りを見やった。道行く生徒たちが、ちらちらと七罪を見ている。たまに写真を撮る者もいる。生徒会長になるまでもなく晒し者になっている気がしないでもなかった。

普段の七罪なら気づかないはずはないと思うのだが……やはり少し判断力が落ちているのかもしれない。

「七罪さん……煙草は身体に悪いので、止めた方がいいと思います……」

と、琴里の後ろから、四糸乃が心配そうな調子で七罪に声をかける。

すると七罪は、慌てたようにブンブンと首を横に振った。

「ああ、違う違う。これ煙草じゃなくてココアシガレットだから」

言って七罪が、くわえていた白い棒状のものをパキンと噛み砕く。どうやらお菓子だったらしい。

「なんだ、本物じゃなかったのね」

「そりゃあそうでしょ……ホントに喫煙なんてしてたら、人気落とすどころか停学まであり得るじゃない。内申点にも響くかもしれないし……みんなと卒業できなくなるのは勘弁だわ」

「ああ……うん、そうね……。ところでその眼鏡は」

「弱視のため視力矯正器具を、って名目で許可もらってる」

「……スカート短くしてるのにジャージ穿(は)いてるのね？」

「スカートでヤンキー座りしたらぱんつ丸出しじゃん……公然猥褻(わいせつ)まで付けたくないし、さすがに朝から気分悪くさせるのもみんなに悪いし……」

「………そ、そう」

なんだかんだ、根は真面目な七罪だった。理由が『恥ずかしい』ではなく『気分を悪くさせたくない』なあたりも実に七罪らしい。

しかし当の本人は、余程切羽詰まっているのか、そのちぐはぐさに気づいていないようだった。どこか期待に溢れた顔ですっくと立ち上がる。

「で、どう？　朝からこうやって威嚇してるんだけど。だいぶ評判落ちたんじゃない……？」

「ええと……どうでしょう」

　真那がスマートフォンを取り出し、操作する。どうやら件の裏サイトとやらをチェックしているらしい。

「……『生徒会長候補の鏡野さんが変な格好して校舎の前に座り込んでた』『かわいい』『悪ぶってるけどどちゃんと許可取ってるらしい』『真面目か』『ゆるキャラっぽい』『鏡野七罪後援会会長が公式キャラクター「なっつやん」として選挙活動に使用していく方針らしい』『なんだ仕込みか』……」

「なんでよ!?　っていうか後援会会長って誰!?」

　七罪が悲鳴じみた叫びを上げたところで、昇降口の方から、筒状の紙を手にした花音と紀子がやってきた。

「七罪さん！　選挙用ポスターができたわ！」

　そしてそう言って、持っていた紙を開いてみせる。

　そこには、『変革！』のキャッチコピーとともに、可愛らしくデフォルメされたヤンキー座りのキャラクター『なっつやん』が描かれていた。

「またおまえかぁぁぁッ!?　そういえばさっきやけに写真撮ってたな!?」

　七罪は色眼鏡を地面に叩きつけると、喉が潰れんばかりの絶叫を上げた。

またも涙目になった花音を宥めるのに、今度は一〇分近くを要していた。

「……よし。そろそろ約束の時間ね」

翌日の昼休み。

手早く食事を終えた七罪は、お弁当箱をしまい込み、席を立った。

「……？　どこに行くんですか？」

四糸乃が不思議そうに尋ねてくる。七罪はニヤリと不敵な笑みを浮かべた。

「……ちょっとね。約束を取り付けてあるのよ。上手くいけば、会長選の候補者から除外してもらえるかもしれないわ」

七罪が言うと、琴里が怪訝そうに眉をひそめた。

「一度候補者になったら、自分の意思では辞退できないんじゃなかったっけ？」

「……そうみたいね。まあ正直その制度もどうかとは思うんだけど……今そうなってる以上、その前提で戦うしかないわ」

「いつになく前向きじゃの……。して、どうするつもりなのじゃ？」

六喰が首を傾げながら問うてくる。七罪は説明するような口調で続けた。

変革！
長候補
鏡野七罪
っつやん

「……選挙管理委員の高柳先輩を校舎裏に呼び出してあるわ。そこで秘密の交渉を持ちかけるつもり」

「高柳──『鉄の女』高柳幸代ですか⁉」

その名に、真那が険しい顔を作った。

「無茶ですよ七罪さん。高柳先輩は音に聞こえた堅物です。いくら頼んだところで、そんな特例を認めてくれるとは……」

七罪は指を一本たて、ちっちっち……と首を振った。

「違う違う。私が持ちかけるのは──賄賂よ」

『……⁉』

七罪の言葉に、皆が表情を驚愕の色に染めた。

「わ、賄賂……？」

「そう。内緒でお金を払うから、今度の選挙で、投票結果をいじって私を勝たせてくださいって頼むのよ」

「ふむん……？　どういうことじゃ。七罪は生徒会長になりたくないのではないのか？」

六喰が困惑したように言ってくる。

確かに彼女の疑問もわからないではない。言葉だけ聞けば、七罪の言っていることは滅茶苦茶だ。

　だが、それこそが狙いである。七罪は声をひそめながら続けた。

「厳格な先輩は当然それを突っぱねる。いえ……それどころか、堂々と不正を持ちかけた候補者には、相応の処分を下さないといけないでしょ。たとえば——被選挙権の停止とかね」

『……！』

　皆が再度、驚きの表情を作る。

「な、なるほど……」

「悪知恵が働くものじゃのう……」

「……初対面の人と話すのあんまり得意じゃないでしょうに、よくやるわね……」

　七罪は肩をすくめながら乾いた笑みを浮かべた。

「はは……っ、生徒会長にならないためならこれくらいなんでもないわよ……」

「もちろん保険として、新聞部にも垂れ込んでおいたわ。この時間校舎裏で張ってたら、面白いスキャンダルが撮れるよってね……。万一先輩がこの話を受けたり、握り潰そうとしたりしても、これなら安心よ」

　言って、ひっひっひ……と喉から声を漏らす。

その様は、もしかしたら老獪(ろうかい)な魔女(ウィッチ)のように見えたかもしれなかった。

「というわけで、行ってくるわ。約束の時間に遅れたら大変だし」

七罪はそう言うと、ビッと手を振って教室を出て行った。

すると、四糸乃たちは一瞬視線を交わし合ったのち、食べかけのお弁当をしまって七罪のあとを付いてきた。

「……え、なんで付いてくるの？」

「す、すみません……ちょっと気になって」

「細けーこたぁ言いっこなしですよ」

「……いや、まあ別にいいけど……」

初対面の人間に不正を持ちかけるなどというイベントに不安がないといえば嘘(うそ)になった。

正直、後ろで見守っていてもらえるのは心強い。

七罪はほんのりと染まった頬に気づかれぬよう前を向くと、そのまま足早に廊下を歩いていった。

そしてほどなくして、校舎裏に辿(たど)りつく。

そこにはもう、黒縁の眼鏡をかけ、前髪をきっちりと額に撫(な)で付けた女子生徒が立っていた。

「――あなたが鏡野七罪さん？　一体何の用？　私も暇ではないのだけど」

鉄の女の異名に相応(ふさわ)しい無機質な声音で、選挙管理委員・高柳幸代が言ってくる。

「……あっ、その……はい……」

七罪はわざとらしく揉(も)み手をしながら、幸代の方へと近づいていった。

そして、茂みの陰に新聞部の姿があることを横目で確認したのち、言葉を続ける。

「ふへへ……実はですね、その、今度の生徒会長選挙のことでお話があって……」

「生徒会長選挙……？　それがどうしたっていうの？」

「ええ……まあ、なんと言いますか。平たく言ってしまうと……賄賂――」

「…………！」

と。七罪がその言葉を発した瞬間、幸代がその場にガクリと膝を突いた。

そして目に大粒の涙を浮かべ、さめざめと泣き始める。

「え……？　は……っ⁉」

突然のことに、七罪は目を白黒させた。だが幸代は構うことなく、滔々(とうとう)と語り始める。

「あなたは知っているのね……私が二年一組の落田(おちだ)くんにお金をもらって不正選挙の片棒を担(かつ)ごうとしていたことを……！」

「は⁉　いや、へ……⁉」

「母の治療費のためとはいえ、選挙管理委員として……いえ、人として恥ずかしい行いをしたわ……。でも、あなたのおかげで目が覚めた！　きっと私は心のどこかで、あなたのような人を待っていたのね！　今はとても清々しい気持ちよ……全てを明らかにし、私は選挙管理委員を辞します。でも心配しないで。私は一から！　失った信頼をまた積み上げてみせるわ！」

ポカンとする七罪をよそに、幸代はミュージカルを演じてでもいるかのように高らかに声を上げた。

するとそのタイミングで、茂みの奥から新聞部の記者とカメラマンが飛び出してくる。

「高柳委員！　今の話は本当ですか⁉」

「ええ、本当よ。私は二年一組落田候補の不正を告発するとともに、鏡野七罪さんの勇気を称えるわ！」

「ヒュウ――匿名の垂れ込みの通り、こいつはとんでもないスクープだぜ……！」

「明日は来禅が揺れますね部長！」

「…………」

無遠慮なカメラのフラッシュを浴びながら、七罪は呆然と立ち尽くすことしかできなかった。

翌日の学校新聞に、七罪の華々しい活躍と、魂の抜けたような写真が載ったことは言うまでもない。

◇

「大切なのは発想の転換よ！」

翌々日の休み時間。七罪は固く拳を握ると、皆に訴えかけるように言った。

すると琴里と真那が、何やら苦笑を浮かべてくる。

「なんか日に日に言動が会長っぽくなってきたわねー」

「そろそろ自覚が芽生えてきやがりましたか？」

「ざっけんねぃ！」

七罪はちゃぶ台返しをするように両手をバッと上げた。実際には返していない。机をひっくり返したら危ないので。

「発想の転換って、今度は何をするんですか？」

四糸乃が澄んだ目で七罪を見てくる。七罪はぐっと親指を立ててみせた。

「私はこれまで、どうにかして自分の評判を落とそうとしたり、選挙から除外してもらおうとしたりしてたでしょ……？」

でも、と熱っぽい調子で続ける。

「そもそも考え方が違ったわ。会長になるのは一人なんだから、あの陽キャ先輩が会長になってくれればいいのよ！」

七罪が宣言すると、琴里たちが『おおー』と拍手をしてきた。

「まあ、悪い考えじゃねーですね。実際、不正告発事件で七罪さんの評判が上がったっていうのに、城之崎先輩の人気はまだ七罪さんに負けてねーです」

「ふむん……しかし具体的にはどうするのじゃ？」

「簡単よ。そもそもあの先輩、素の人気はもちろん、公約から方針から、全部きっちりしてるからね……」

言いながらスマートフォンを操作し、文書ファイルを表示させる。都がネット上に公開している選挙公約だ。

運動もできて、頭もよく、ついでに見目も麗しい。もう胡散臭いほどに完璧だった。多分前世で徳の高い僧とか助けてると思う。前世大悪党説が濃厚な七罪とは対極の存在だ。

「……強いて隙を挙げるなら、大多数の生徒が大して選挙公約に興味ないってことをいまいちわかってないことくらいよ」

「どういうこと？」

「見て、この文書。内容は見事なものだけど、ちょっと簡素すぎると思わない？」

「ああ……まあ、言われてみればそうかもね」

琴里が、納得を示すようにうなずく。

「今時の若いのはこんなの読まないわよ。もっとレイアウトを考えて、カットを効果的に使って……目玉政策はもっと前面に押し出さないと。大衆は豚なんだから餌はわかりやすくが基本よ。その点、先輩はちょっと一般生徒に期待しすぎ。自分が何でもでき子ちゃんだから、あんまり怠惰な駄目人間ってのを想定しきれてないんじゃない？」

と、七罪がつらつらと説明を述べていると、皆が目を丸くしながらこちらを見てきた。

「……な、何よ」

「あ、いえ……」

「七罪、本当にそういう仕事が向いておるのではないかの？」

「まあ、ちっとばかし口はわりーですけどね」

「……や、やめてよね。ガラじゃないわ」

七罪は頬を染めながら言うと、スマートフォンの画面を示しながら続けた。

「とにかく、材料は揃ってるんだから、あとはちょっとサポートしてあげるだけで盤石になるはずよ。この公約を派手に、わかりやすく纏めたチラシやポスターを作って、生徒たちに内容を周知させるの。ああ、あとはPVなんかもいいわね。映像と音楽は洗脳の基本だし。先輩、SNSにかなり写真や動画載っけてるし、素材は十分よ。ふふ……腕が鳴るわね……私が完璧にプロデュースしてあげる……」

七罪は悪い顔をしながら指をわきわき動かした。なぜか皆が、汗を垂らして苦笑する。

と――

「……ん？」

チラシのレイアウトを考えながら、再度スマートフォンの画面に目を落としていた七罪は、そこで眉根を寄せた。

「？　どうかしましたか、七罪さん」

「あ、や、ここ……なんか計算おかしくない？」

そう。公約に記された予算案。そこの計算に、僅かながら誤差が見られたのである。

「……あ、ホントだ。ミスかしら」

「むん。よく気づいたの、七罪」

「いけますよ七罪さん。これは蟻(あり)の一穴です。ここを突けば逆転勝利もありえます！」

「そ、そうね。これで私が会長に……って、なんでやねん！」

七罪がコテコテのノリツッコミを入れると、真那が「おー」とパチパチ拍手をした。

「……僅かなミスではあるけど、放置はできないわね。万一他の候補に指摘されて票が分散なんてしたら、私が勝っちゃうじゃない……」

「全力の相手に勝たないと納得できない武人みたいなこと言ってるわねー」

琴里が肩をすくめながら言ってくるが、七罪は至って真剣である。七罪が会長職を逃れるためには、都に勝ってもらわねば困るのだ。

「チラシを作る際に、こっちで勝手に修正しても大丈夫かしら……」

「でも、原本が間違ったままってのはまずいんじゃねーですか？　それこそ、チラシと見比べる人がいねーとも限りませんし」

「う……じゃあどうすれば……」

真那の言葉に、七罪は渋面を作った。すると琴里が、当然の如く言ってくる。

「そりゃあ、本人に教えるしかないんじゃない？　それが一番確実よ」

「……でも、教えるっていっても、一体誰が……」

七罪がか細い声で呟くと、皆の視線が一斉に七罪を向いた。

「………、あ、あの……すみません。き、城之崎先輩、いますか……？」

その日の昼休み。

七罪は二年五組の教室を訪れると、扉の近くにいた女子生徒に、蚊の鳴くような声で話しかけた。

昔よりはだいぶマシになったとはいえ、初対面の人間と話すのが大の苦手な七罪である。上級生の教室を訪ねるという、普通の生徒でも緊張するイベントに、顔は青ざめ、目は泳ぎ、背中は汗でじっとりと湿っていた。

一応、琴里たちも少し離れた場所で見守ってくれてはいるが、口を出してこようとはしない。厳密に言うと四糸乃と六喰は同行しようかと言ってくれたのだが、琴里と真那に「せっかくの機会だから」と止められていたのだ。

「ん？　ああ——」

七罪が声をかけた女子生徒は、一瞬七罪の容貌を見ると、何かを察したように教室の奥を見やった。

「おーい、みゃーこー。愛の告白だってー」

「——んなっ⁉」

突然予想外のことを言われ、七罪は目を見開いた。

が、教室にいた生徒たちは別に驚くでもはやし立てるでもなく「あー、またか」「城之崎モテるからなー」と随分と落ち着いた反応を示している。どうやら、それが日常になるくらいにはこういった事例が多いらしい。……それと同じに見られるのは心外だったが。

「ち、違います。私は――」

「――おや、鏡野さんじゃないか」

七罪が慌てて弁明しようとしていると、教室の奥から背の高い女子生徒が現れた。――生徒会長候補・城之崎都だ。

相変わらず、背中に照明でも背負っているのではないかと思えるほどに目映いオーラを放っている。これが少女漫画ならば、登場と同時に画面に花が舞っていたに違いない。

「あ……ど、ども……」

「訪ねてくれるとは嬉しいな。何か用かい？」

都が爽やかな仕草で問うてくる。七罪はおぼつかない手つきでスマートフォンを取り出すと、あらかじめ用意していた画像を表示させた。

都の公約のミス部分に、あらかじめ赤い文字でチェックが入っている。これならば必要最低限の会話で用件を伝えられるはずだった。

「こ、これ……」

「ん？」

都は七罪のスマートフォンを覗き込むと、やがてその画像の意味を察してか、目を見開いた。

「——！　しまったな。こんなところを間違えてしまっていたか。君が見つけてくれたのかい？」

「あ……ま、まあ……その、はあ」

「ありがとう、助かったよ。——にしても、わざわざ私に知らせずにミスを指摘すれば優位に立てたものを……。私は君を尊敬するよ。君のその高潔な精神に報いたい。私にできることがあればなんでも言ってくれ」

そしてそう言って、真っ直ぐな瞳で七罪を見つめてくる。

ともすればわざとらしい、偽善的な台詞である。しかしながら彼女の語気が、表情が、それが心からの言葉であると証明していた。そのあまりの眩しさに、悪ぶっていたときに使った色眼鏡を持ってくればよかったと思う七罪だった。

「や、べ、別にそういうのはないですけど……」

「それでは私の気が済まない。何かないかい？」

「じ、じゃあ……その、会長選、勝ってください……」

「……！」

　七罪が言うと、都は驚いたように目を丸くしたのち、ふっと微笑(ほほえ)んだ。

「……なるほど。正々堂々、全力で戦うことこそが望み——か。ふ、すまなかった。私が無粋だったようだ」

「……え？　あ、いや、そういう意味じゃなくて——」

「君のような好敵手と戦えることを光栄に思う。投票日を楽しみにしているよ！」

「は、はあ……」

　終盤はあまり会話になっていないような気がしなくもなかったが、とりあえず目的は達した。七罪は適当に話を切り上げると「じゃあ私はこれで……」と教室を去っていった。

　そしてそのまま小走りで廊下を進み、曲がり角を曲がったところで、大きく息を吐く。

「はぁぁぁぁぁぁぁ……っ——」

「お疲れ様です、七罪さん」

「むん、見事じゃったぞ、七罪」

　そこで待っていた四糸乃たちが、七罪の労(ねぎら)ってくる。七罪は憔悴(しょうすい)した様子で礼を述べると、心拍が落ち着くのを待ってから顔を上げた。

「……よし。あとは予定通り動くだけよ。先輩が如何(いか)に生徒会長に相応(ふさわ)しいか、全校生徒に知らしめてやるわ……！」

言って、ぐっと拳を握る。

すると琴里と真那が、半眼を作りながらひそひそと話し始めた。

「……そう上手くいくと思う？」

「……どうでしょう。七罪さん、能力は高いのにだいたい裏目に出ますからねー」

「不吉なこと言わないでくれる⁉」

二人の言葉に、七罪は思わず声を裏返らせた。

──そして、運命の投票日。

「…………」

七罪は、体育館の壇上に並べられたパイプ椅子に座りながら、落ち着かない様子で身じろぎしていた。

体育館には今、全校生徒が集められている。そしてその壇上には、生徒会長選挙に出馬した候補者八名が、ずらりと並んでいた。

候補者が一人ずつ順番に演説を行い、その後投票に移るのである。いわばこれは、候補者たちにとって最後のアピールタイムであった。

『――これらのデータから、本校の活動実績は――』

今演説を行っているのは、他ならぬ城之崎都である。

堂々たる立ち姿。よく通る声。淀みなく紡がれる言葉。全身から漲る自信――

公約内容もさることながら、明らかに他の候補者とは存在感の格が違っていた。学生のごっこ遊びの中に、一人だけ本職の政治家が混じっているかのような違和感さえある。他の候補者たちが少し気の毒になる七罪だった。

とはいえ、それは七罪にとって福音である。都が皆を引きつければ引きつけるほど、七罪が落選する可能性が高くなるのだから。

……ちなみに余談だが、七罪の演説は既に終わっていた。

内容は平々凡々、無難の極みである。死ぬほど緊張していたため、話し方などはお察しだ。

――そんなに会長になりたくないのなら、演説をすっぽかすなり、壇上で奇行に走るなりすればよいと思う者もいるかもしれなかったが、違うのだ。一口に陰キャといっても属性があるのだ。悪目立ちを選択するのにも勇気が必要になる。七罪のように、逃れようのない状況に陥ったとき、とにかく全てを無難にこなし、時が過ぎるのを待つタイプも存在するのである。様々なタイプをバランスよくデッキに組み込むのが、陰キャマスターへの道なのだ。――緊張と混乱で、自分が何を考えているのかよくわからなくなる七罪だった。

『――以上です。ご清聴ありがとうございました』

そんなことを考えている間に、都の演説が終わる。体育館を大きな拍手が包み込んだ。あちらこちらから、黄色い歓声が飛んだりもする。

「……これは……決まったわね」

明らかに、他の候補者たちよりも拍手が大きい。七罪はニヤリとほくそ笑んだ。

無論都の素の人気によるところも大きいだろうが、ここ数日七罪が行ってきた工作も無関係ではあるまい。

そう。七罪はあのあと予定通り、都の非公式ポスターを貼り、非公式チラシを配り、非公式PVをネットにアップしていたのである。

真那に評判をチェックしてもらったところ、反響はかなり大きかったようだ。七罪の狙い通り、チラシで初めて公約に興味を持った層も少なくないらしい。

これならば、よほどのことがない限り都の勝ちは動くまい。

『――それでは、投票に移ります。お手元の紙に候補者の名前を一名書き、投票箱へ入れてください』

司会をしていた選挙管理委員の生徒が、マイク越しに声を響かせる。

その指示に従い、生徒たちが投票を開始した。

教室に戻ったのち、クラスごとに投票を行い、後日結果を発表——という手順を踏むのが普通だとは思うのだが、この高校ではこの場で投票、開票、発表までを行うらしい。

やや非効率なシステムと思わなくもなかったが、このときばかりは七罪もこのやり方に賛成だった。

生徒会長などには死んでもなりたくない。だが、自分の仕込んだ策によって大衆を思い通りに動かすのには、なんとも妖しい魅力があったのである。

『——それでは、開票が終わりましたので、結果を発表いたします』

ほどなくして、再び司会の声がスピーカーから響き、体育館の照明が暗くなる。

それと同時、プロジェクターの光が、壇上のスクリーンに得票画面を映し出した。

下から、得票数の少なかった順に、候補者の名前が表示される。

そして、一番上に記された名は——

『——一位。城之崎都さん、二九五票』

「……いよっし……！」

司会の宣言に、七罪はガッツポーズを取った。やや大仰なリアクションではあったが、今は体育館も暗くなっているし、気づかれることもあるまい。

全校生徒の数を考えれば、やや少なめに思える得票数だが、一位は一位である。これで七罪は晴れて――

『――同率一位。鏡野七罪さん、二九五票』

「…………はぁっ⁉」

次いで発された司会の言葉に。

七罪は、うわずった声を体育館中に響かせてしまった。

「はー……こんなことってあるのね」

体育館のフロアから壇上を眺めながら、琴里は感嘆するように言った。

さすがにこの結果は予想外だったのか、周囲の生徒たちからもざわめきが漏れ聞こえてくる。

「うわ、マジか。同票？　おまえらどっち入れた？」

「私？　城之崎先輩。だって格好いいじゃん。あんな人が生徒会長って、なんか自慢できそう」

「え、俺は鏡野だわ。つか同じ中学だったやつらはみんな鏡野派だと思うぜ？」

「えー、みゃーこ先輩の方がいいってばー。公約もちゃんとしてたし……」

「いやいや、公約なら鏡野さんも負けてないわよ。何しろわかりやすかったし。なぜかチラシ配るときサングラスとマスクしてたけど」

と。そんな声を聞いて、琴里は近くにいた真那と目を見合わせた。

「……ちょっと待って、もしかして」

「……どうやらそのようですね」

言って、むうとうなり声を上げる。

「え……？」

「ふむん、どういうことじゃ？」

四糸乃と六喰が首を傾げてくる。琴里は額に汗を滲ませながら返した。

「多分だけど……七罪がわかりやすく作り直した城之崎先輩の公約チラシあるでしょ？あれ、七罪が配ってたものだから、七罪の公約だと勘違いしちゃった人がいるんじゃない……？」

「あ――」

「なんと」

琴里の言葉に、四糸乃と六喰が目を見開く。

そう。七罪は完成したチラシを、人を雇うでもどこかに置いておくでもなく、自分の手で配っていたのである。一応変装はしていたようだが、どうやらバレバレだったらしい。

……いや、もしかしたら七罪のことだ。「私のことなんて誰も気にしてないだろうから、この程度の変装で十分でしょ……」くらいに思っていた可能性さえある。

確かに七罪の言うとおり、城之崎都は自分が優秀であるがゆえに、リテラシーの低い学生への理解が足りないところがあったかもしれない。

けれど七罪は、自分に自信がなさすぎるがゆえに、己の人気と知名度を見くびりすぎていたのである。

「これはまた……なんとも……」

「七罪さんらしい結末でいやがりますね……」

琴里たちは、壇上で慌てる七罪を見上げながら、力なく苦笑を浮かべた。

『ええと……これは困りましたね。この場合はどうしたら――』

ざわめく生徒たちの中、困惑したような司会の声が、スピーカーから聞こえてくる。

七罪はと言えば、予想外の結果にフリーズしてしまい、ただ呆然(ぼうぜん)とスクリーンを眺めることしかできなかった。

と──

『──みんな、聞いてほしい』

そんな中、凛とした声が、体育館に響き渡った。

いつの間にやら、都が再び演台の前に立っていたのである。

「……っ」

その声に、七罪は我に返るように小さく肩を揺らした。

すると都は、そんな七罪を見てふっと微笑んでから、マイクに向かって言葉を続けた。

『まずは感謝を。私に投票してくれた皆、ありがとう。身に余る光栄だ』

都の声に、ちらほらと歓声が上がる。

都は笑顔でそれに応じたのち、目を伏せた。

『──このような結果になって、驚きを感じると同時に、奇妙な納得を覚えてもいるんだ。というのも、実は私は数日前、鏡野七罪さんに公約の不備を指摘され、それを修正している』

「………、──は!?」

突然名前を出され、七罪は素っ頓狂な声を上げた。

ばくばくと心臓の音が激しくなっていく。嫌な予感が肺腑を満たす。

——待て。落ち着け。何を言い出すつもりだ？

七罪の危険信号が真っ赤に灯る。彼女を止めろと轟き叫ぶ。

けれど悲しいかな、壇上で全校生徒に向かって演説ぶる相手に話しかけるようなコミュ力を、七罪は持ち合わせていなかった。

『もしそれがなかったなら、この結果は違ったものになっていただろう。——決選投票は必要ない。全校生徒の代表たる生徒会長は、彼女のような高潔な精神の持ち主にこそ相応しい。私は、彼女を支える副会長になろう。

——皆、鏡野七罪生徒会長に、大きな拍手を！』

都の高らかな宣言に——

『おおおおおおおおおおお！』

「いやぁぁぁぁぁぁぁぁぁぁぁっ⁉」

全校生徒の歓声と、七罪の悲鳴が応えた。

「——結局のところ、やったことが全部裏目に出たわけね……」

「ええ。七罪さんらしいというかなんというか。余計なことをしなければ、普通に城之崎先輩が勝ってたかもしれねーですね」

「でも……七罪さんならきっと、いい生徒会長になってくれると思います」

「むん。それは間違いないの。――七罪には内緒じゃが、むくも七罪に入れたのじゃ」

投票日の翌日。

琴里たちはそんな会話をしながら、学校の廊下を歩いていた。

「――あ、やっぱり？　実は私も」

「考えることは皆同じでいやがりますね」

「あはは……」

六喰の言葉に応えるように、琴里、真那、四糸乃が笑う。

すると、前方を歩いていた花音が不敵に微笑んだ。

「ふっ、さすが七罪さん。代表推薦人の私も鼻が高いわ！」

「善意の隣人が一番厄介なことってままありますよね」

「愛に罪はないわ！」

紀子がチクリと言うも、花音はその意味に気づいているのかいないのか、変わらぬ調子で返した。そんな二人の様子に、またも笑ってしまう。

「で、当の七罪は今生徒会室だっけ？」

「はい。城之崎先輩と二人で、新生徒会発足の準備に取りかかっているみたいです」

来禅の生徒会は、会長が投票によって決まったのち、他の役員が募られ、会長の承認によって決定される。

本来なら副会長のポジションもそのうちの一つなのだが、ああも大々的に宣言されてしまっては、同調圧力に弱い七罪は承認せざるを得ないだろう。

「ま、これも七罪にとってはいい経験だとは思うけど……さすがにいきなり知らない人ばかりを率いて生徒会長っていうのはハードル高いわよね」

「はい……それに、七罪さんといられる時間が減るのは寂しいですし……」

「むん。よい経験というなら、むくたちにとっても変わらぬ」

「私は部活もありますので、フルタイムってわけにはいかねーですが、まあ乗りかかった船ですしね」

「ふっ——みんなの友情にちょっと私泣いちゃいそうだわ！」

「花音さんずっと友だちいませんでしたからねー」

「紀子あなた友だちじゃなかったの⁉」

などと話しながら、一行は生徒会室の前へと至った。

扉の前には、平たい穴の空いた、ポストのような箱が置かれている。

新生徒会役員の募集を受け付ける、応募用ボックスだ。

「――クラスに名前、希望の役職。ん、不備はないわね」

「むん。しからば――」

琴里たちは手にした書類を三つ折りにすると、順に投函していった。

――こうして、七罪を会長とした新生徒会は発足する運びとなった。

この生徒会は、のちに伝説として語り継がれることとなるのだが――

今の彼女たちには、まだ知る由もなかった。

精霊ストレンジャー

StrangerSPIRIT

DATE A LIVE ENCORE 11

まるで不可視の巨人が暴れ回るかの如く、目に見える景色が次々と変容し、崩壊していく。

——それは、悪夢としか思えない光景だった。

理解不能な現象。人智を超えた異常。

けれど、一つだけ確かなことがある。

それはこの超常的な現象が、宙に浮いた一人の女によって引き起こされているということだった。

色の抜け落ちたかのような長い髪。風に舞うぼろぼろの黒衣。髪と光に阻まれ、貌と表情までは見とれなかったが、今この場にいる者の胸に絶望を思い起こさせるのに、そのシルエット以上の材料は必要なかった。

「あ、あ……」

断続的に響く破壊音の中、誰かの声が、どこかから漏れ聞こえてくる。誰のものかはさして重要ではない。今この光景を目の当たりにしている者は、一人の例外もなく同じ感想を抱いているに違いなかったから。

そう。彼らの脳裏を過るのは、とある一つの名前だった。とある一つの姿だった。

テレビの映像で。ネットの動画で。――あるいは、肉眼で。

かつて誰もが一度は目にしたことがある、その、絶対的な存在だった。

「あれ、は……」

誰かの声がまたも響く。

誰もの中にある名を紡(つむ)ぐ。


「――精、霊……」

――かつて、この世界を滅ぼした存在の名を。

◇

荒涼とした野を吹き抜ける砂塵(さじん)は、そのままあらゆるものを風化させてしまいそうではあった。木々を枯らし、河川を涸(か)らし、砂と石の大地に変えていく。

無論、ただの砂煙がそれを成すには膨大な時間が必要ではあるが、そんな錯覚に陥ってしまうくらいに、目の前に広がる世界には**何もなかった**。ただただまっさらな土地が、延々と続いている。

否、正確に言うならば、本当に何も存在しないわけではない。平らに見える地面には、僅かな段差や凹凸が、無数に張り巡らされていた。

恐らく、この辺りは住宅街だったのだろう。塀や家の基礎を思わせる直線的な跡は、バギーのタイヤとくたびれたシートを通して微かな振動となり、運転手と同乗者に、かつての世界の息吹を僅かながら伝えてきた。

「さて、ここはどの辺りでしょうか。建造物はおろか遠くの山々まで削られているものだから、地図が当てになりませんわね」

「む……」

運転手がぽつりと呟くと、隣に座った同乗者は短く答えた。が、それきり何も言わずに押し黙ってしまう。

運転手は小さく息を吐いた。別に同乗者も無口というわけではないのだが、この話題になるとどうしても考えを巡らせてしまうらしかった。

まあ、とはいえそれも仕方あるまい。かつての世界を知る者なら、今目の前に広がる光景に何の感慨も抱かないなどということは不可能である。

それに——

「おや？　あれは——」

と。そこで運転手はぴくりと眉を揺らした。

バギーが進む荒野の先。そこに、今までと違うものが見えたのである。

あちこちを雑に補修された家々。

その周りには、地面を掘り返された簡易的な畑。

そのさらに先には、何もない荒野が広がっている。

それが、夏原早穂の世界の全てだった。

髪を引っ詰めにした、小柄な少女である。歳は今年で一〇になるが、同年代の子供たちの中でも体格は一際小さかった。身に纏う服はサイズが大きく、常に腕まくりをしている。

――とはいえ特に不満はない。今の時代、子供服は贅沢品に違いなかったから。

「…………」

早穂は打ち棄てられたコンビニの看板の上に腰かけながら、ぼんやりと空を見上げていた。側には、集落で飼っている三毛猫のライカが、気持ちよさそうに蹲っている。

別に特段意味などはない。ただ、時間があるとき早穂はよくこうしていることが多かった。――自分を包む閉塞感が、少しは紛れるような気がして。

昔はもっと建物が連なり、街がずっと先まで広がっていたという話だけれど、今は見る影もない。別に大人たちが嘘を言っているとは思わないが、突拍子もなさ過ぎてあまり実感が湧かないというのが正直なところだった。

と。

——にゃあ。

不意にライカが耳をぴくりと動かし、顔を上げた。

「ん？　どうしたの、ライカ——」

言いかけたところで、早穂も気づいた。何やら遠くの方から、低い音が聞こえてきたのである。

「……！」

それが車の音と気づいた瞬間、早穂はライカを抱えて、建物の陰に身を隠した。この集落に外からやってくる者など、教団の人間くらいしか思い当たらなかったから。

やがて、砂煙を裂くようにして、一台のバギーが姿を現す。長い間まともな整備をされていないことを思わせる、薄汚れた車体。左のヘッドライトが割れており、隻眼のような様相になっていた。

「——ふむ、建物に補修の跡がありますわね。畑も作られていますし。誰か住んでおられるのでしょうか」

「………」

バギーが停車し、人が二人、降りてくる。

一人は、荒野に似つかわしくない、喪服のようなドレスを纏った女性である。彼女の運転していたバギーのように、左目を黒の眼帯で覆い隠していた。

もう一人は、鼠色の外套を纏った少年だった。中肉中背に中性的な顔立ち。その表情は、なぜか少し物憂げに見えた。

「――」

双方、初めて目にする人間である。早穂は微かな緊張に喉を湿らせた。

そこで手の力が緩んでしまったのだろう。ライカがぴょんと早穂の腕を飛び出してしまう。

「あ……！」

手を伸ばしたが、届かない。ライカはそのまま、謎の二人組の前へと走っていってしまった。

「――あら？」

喪服の女性が、足元に寄ってきたライカを見て、すっと目を細める。その妖しげな視線に、早穂は小さく息を詰まらせた。

だが。

「まぁ、まぁ……！　猫さんだなんて、久々に見ましたわ。うふふ、どこから来られましたの？」

喪服の女性は、それまでの優雅な調子を一瞬で崩し、ふにゃっと表情を柔らかくして膝を折った。慣れた手つきでライカのあごやお腹を撫で回す。

「あら、あら。首輪をしているということは、飼い猫さんでして？　お名前はなんと仰いますの？　うふふ、教えてくださいませんかにゃ――」

と、そこで喪服の女性の言葉と動きがピタリと止まる。

理由はすぐに察しが付いた。――ライカを連れ戻そうと手を伸ばした早穂と、目が合ってしまったからだろう。

「……こほん」

喪服の女性は小さく咳払いをすると、ぽんぽんと膝の砂を払った。

「ごきげんよう。この辺りに住んでいる方でして？」

そして、優雅な所作でそう言ってくる。まるで、先ほどのふにゃっとした顔をなかったことにするかのように。

……まあ、悪い人ではなさそうである。早穂は小さく苦笑して、瓦礫の陰から歩み出ていった。

「こんにちは。……あなたたちは？」

「ああ、これは失礼。時崎狂三と申しますわ」

言って喪服の女性が、スカートの裾を持ち上げながら恭しく礼をしてみせる。その優雅な仕草に、早穂は思わずぺこりとお辞儀をしてしまっていた。

「こちらは――五河士道さんですわ」

次いで狂三が、少年を紹介してくる。

「……よろしく」

彼は短い挨拶とともに、小さく首を前に倒してきた。

「えっと、早穂です。夏原早穂。こっちはライカ」

「これはご丁寧に。――では早穂さん。お尋ねしたいことがあるのですけれど、大人の方はいらっしゃいまして？」

「あ……えっと、はい。こっちです」

早穂は狂三の雰囲気にのまれるようにこくりとうなずくと、二人を伴って、集落の入り口へと歩いていった。

「狂三。あれは……」

早穂に連れられて瓦礫の野を歩くこと、およそ三分ほど。何かを見つけたらしい士道が、囁くような声を発してきた。

彼が見つけたものはすぐに知れた。前方に、廃材で作られたと思しき小屋のようなものが建っていたのである。

そしてその屋根の下の地面には、長方形の大きな穴が口を開けており、長い階段が、地下に向かって延びていた。

「ええ。どうやら、地下鉄の駅を利用しているようですわね」

狂三は士道の言葉に答えるように、小さく首肯しながら言った。

数年前、『精霊』によって地上が破壊され尽くしたあと、なんとか生き延びた人々は、精霊の目の届かない地下に生活基盤を移していた。

とはいえ、重機もなしに地下に居住区を作るのは困難を極める。もとからあった地下鉄の駅を流用するのは賢い選択と言えた。十分な広さが確保されている上に、主要な駅には、空間震用のシェルターが併設されているものも多い。発電設備に、備蓄食料。当座を凌ぐには最適の場所の一つだろう。

「足元、気を付けてください」

言って早穂が、慣れた調子で階段を降りていく。狂三と士道はそのあとを追って、階段に足音を反響させた。

そのままどれくらい歩いただろうか。やがて広い空間に出る。

電灯で照らされた地下鉄駅の中には、予想よりも多くの人々の姿があった。もうここで暮らし始めてかなりの時間が経っているのだろう、廃材で作られた壁や囲いが無数にあり、手狭ながらもパーソナルスペースが確保されている。

桶に水を張って衣類を洗う女性、電化製品の修理をする男性、無邪気に走り回る子供たち、地上で見つけてきたと思しき雑貨類を並べて商う老人――

様々な人々が、それぞれの生活を送っている。もはやそこは一時的な避難所というよりも、一個の町といった方が適当に思えた。

「これは、また」

思わず、感嘆を零す。人間という種の逞しさに、小さな感慨を覚える狂三だった。

と、まさかそんな呟きが聞きとがめられたわけではあるまいが、狂三たちが地下に降り立った瞬間、近くにいた人々の視線が集まるのがわかった。

まあ、無理もあるまい。こんな時代だ。見知らぬ来訪者が警戒されるのは当然の話だろう。

「………?」

にしても、少し様子がおかしい気がする。狂三は微かに目を細めた。狂三たちを見る目には、警戒の他に怯えのようなものが見受けられたのである。

「どうかしましたか?」

「ああ、いえ。何でもありませんわ」

不思議そうに問うてくる早穂に短く答え、狂三は止まっていた足を再び動かし始めた。

そうしてそれから数分。早穂がとある場所の前で足を止めた。

廃材の壁で区切られた、居住スペースよりも少し広めの空間である。テーブルと椅子が適当な間隔で配置され、奥にはカウンターが見える。客と思しき男たちが数名、酒の入ったグラスをちびちびと舐めていた。

どうやら、食事処兼酒場のような場所らしい。

「……酒場で情報集めとは、まるで西部劇かファンタジーですわね」

などと狂三が苦笑していると、早穂が店の奥へと歩いていき、ここの店主と思われる大柄な男性に声をかけた。

「お父さん、お客さんだよ」

「……うん？」

店主——早穂の父親ということは名は夏原だろう——は、彼女の言葉に不審そうに目を細めると、狂三と士道をじっと睨め付けてきた。

子供が選ぶにしては随分と気の利いたロケーションだと思っていたが、どうやら単純に父親の店だったらしい。狂三は自分の早とちりに小さく笑いながら、先ほどと同じように挨拶をしてみせた。

注意深く狂三と士道の容貌を見ていた夏原が、やがて小さく息を吐く。

「……教団の連中、ってわけじゃあなさそうだな」

「教団？　何のことでして？」

聞き慣れない言葉に、狂三は首を傾げた。しかし夏原は多くを語るつもりはないと言うように「いや」と頭を振って続けてくる。

「それよりあんたら、一体何者だ？　政府か外国の救援ってナリでもなさそうだが」

「ええ、残念ながら。ただの旅人でしてよ」

「旅人……ねえ」

夏原は不審そうに眉を歪めた。当然といえば当然の反応だ。こんな時代に、好きこのんで旅行をする者などそうはいるまい。

「生憎この辺りにゃ観光地なんざないぞ。昔はあったのかもしれんが、今は全部更地だ」

「それについて、少しお尋ねしたいことがございまして」

「尋ねたいこと？」

夏原が片眉を上げながら問うてくる。どうやら話もせずに追い返されるということはなさそうである。

狂三はとりあえずそれに安堵すると、ちらと隣の士道に目をやったのち、店のカウンター席に腰かけた。

「――その前に、何か食事をいただけまして？　最近、温かい食べ物にありつけていなかったもので。もちろん、代金はお支払いいたしますわ。見たところ、売買にはまだ日本円を使っておられますわよね？」

「…………」

すると、その言葉に合わせるように、士道もまた、狂三の隣の席に腰かけた。

別に何かを言ったわけではないが、小刻みに揺れる肩や、カウンターテーブルをリズミカルに叩く指などから、食事を楽しみにしている様子が何となく窺える。

まあ、それはそうだろう。狂三が話の前に食事を要求したのは、彼がどこか物欲しげにしていたからだった。

「……まあ、構わねえけどよ。言っとくがメニュー表なんて気の利いたモンはねえぜ。その日出せるものだけだ」

「もちろん、構いませんわ。そうですわね、三、いえ、四人前……」

「…………」

言いかけて、狂三は言葉を止めた。注文をする狂三の袖を、士道が軽く引っ張っていたのである。

「……五人前でお願いしますわ」

狂三は、苦笑しながら注文を訂正した。


「──ねえねえ、狂三さんと士道さんはどこから来たの？」

狂三と士道が、久方振りの温かい食事に舌鼓を打っていると、カウンターテーブルに頬杖を突いた早穂が、二人の顔を覗き込むようにしながら話しかけてきた。

「早穂、飯の邪魔はするもんじゃねえ」

「うふふ、構いませんわよ」

狂三は小さく微笑(ほほえ)みながら食事の手を止め、早穂の方に向き直った。

「わたくしたちが来たのは、ここから少し東――天宮(てんぐう)市という場所ですわ」

「てんぐう……？」

早穂が首を傾げると、カウンターの向こうにいた夏原が、腕組みしながら口を開いた。

「東京か。――実際どうなんだ？　首都機能は残ってるのか？　あの日から、ほとんど情報が入ってこなくてよ」

「残念ながら。むしろ天宮市は爆心地のようなものですわ」

「……そうかい」

夏原が、ため息混じりに言う。落胆してはいるようだったが、どこかその答えを予想していたようでもあった。

「本当に、この国は終わっちまったんだな。いや……この世界は、か」

「………………」

夏原が遠い目をしながら呟(つぶや)くと、それまで美味(おい)しそうにご飯を食べていた士道が、不意にその手を止めた。

狂三は、ちらとそれを見たのち、ゆっくりと頭を振りながら続ける。

「――そんなことはありませんわよ。あなた方のように、こうして生き残っておられる方

も大勢いらっしゃいますわ。日本から遠い地域では、被害が少なく、まだ国家の体裁を保っている国もあるという話ですし。それに――」

「それに？」

狂三の言葉に返してきたのは早穂だった。丸い双眸を見開きながら、狂三の方をじっと見つめてきている。

狂三はふっと微笑むと、人差し指をピンと立てながら続けた。

「――ある朝目覚めたら、あの大霊災が『なかったこと』になっているかもしれませんし」

「ええ……？」

狂三の言葉に、早穂が訝しげに眉をひそめる。夏原の反応も似たようなものだ。こちらは少し、リアクションに呆れが混じっている。どうやら、冗談か軽口と思われたらしい。

まあ、その反応は予想の範疇である。狂三は不満を囀るでもなく目を伏せると、器に注がれたスープを口に運んだ。野菜の切れ端を煮込んだだけの簡素なものだったが、味はなかなかである。

「……っと、そういえば、何か聞きたいことがあるとか言ってたな」

「ええ。――この辺りの霊脈に心当たりはありませんこと？」

「ああ？　なんだそりゃ。聞いたこともねえよ」

「別に呼び名はさほど重要ではありませんわ。霊峰、禁足地、曰く付きの場所。なんでも構いません。力ある土地であれば、何らかの言い伝えが残っていてもおかしくありませんもの」

「そんなこと言われてもな……、あ」

夏原が、何かを思い出したように眉を揺らした。

「……大分昔だが、祖母ちゃんに言われたことがあるな。神社の裏山には入るな、祟りがあるからって」

「ふむ。興味深いですわね。――詳しい場所を教えていただけまして？」

「ああ、実家の方だからな。ここからだと――」

夏原が、簡単に場所を説明してくる。

狂三は懐から、幾つもの書き込みが施された地図を取り出すと、ペンで新たな印を記した。

「……まあ、こんだけ地形が様変わりしちまったら、参考にならねえかもしれねえけどよ」

「いえ、助かりますわ」

「でも、なんだってそんな場所。わざわざ祟られにでも行こうってのか?」

「ああ、いえ。少し――世界を救いに行くだけですわ」

狂三が言うと、夏原は一瞬目を丸くしたのち、肩をすくめながら息を吐いてきた。

「……ああ、そうかい。なら急いだ方がいいな。飯食い終わったら早いところ出発しな」

「あら、つれませんのね。もちろん急ぐつもりではありますけれど……わたくしたち、何日もシャワーを浴びていませんの。この町に宿のようなものはありまして?」

「こんな場所にそんなものあっても、一体誰が使うんだよ」

「まあ、それもそうですわね」

狂三が笑うと、夏原は調子を崩されたように頭をかいたのち、店の入り口の方を指さしてきた。

「……ここを出て左にずっと行けば、シェルターの共同浴場がある。早穂、あとで案内してやれ」

「うん」

「ご配慮痛み入りますわ」

狂三が恭しく礼をすると、夏原は表情を険しくしながら続けた。

「だが、泊まるのは駄目だ。悪いことは言わねえ。それが終わったら急いでここを離れろ」

「あら、あら。やはりこんなご時世だと、余所者は嫌われてしまいますのね」

「そういうこっちゃねえよ。あんたみたいな別嬪さんがこんなところにいちゃ、碌なことにならねえって言ってんだ。いいから、奴らが来る前に――」

と。夏原の言葉の途中で、狂三はぴくりと眉を揺らした。

理由は単純。店の外の地下道から、住人たちのざわめきが聞こえてきたのである。

「何ごとですの？」

「ち……」

夏原が忌々しげに舌打ちをすると、まるでそれに合わせたように、店に、奇妙な紋様の描かれた外套を身につけた男たちが数名、入ってきた。

それを見てか、店にいた客たちが、視線を合わせぬよう顔を背けたり、そろそろと店を出ていったりする。

「ようマスター。今日も来てやったぜ」

先頭に立っていた男が、横柄な調子で夏原に言う。歳は三〇代半ばくらいだろうか。背は高いが、肉付きが悪いせいか妙にシルエットがひょろ長く見える。頭は綺麗に剃髪されており、それだけを見ればどこかの僧侶に見えなくもなかったが、そこに描かれた趣味の悪いタトゥーがその印象を台無しにしていた。

「……いらっしゃい、金城サン」

夏原が、不快そうに顔を歪めながらも応対する。金城と呼ばれた男はさして気にする様子も見せず、男たちを伴って手近なテーブル席にどっかと腰かけた。

「とりあえず酒だ。人数分な。あとまあ何か適当につまむものでも――」

と、そこで金城が、何かに気づいたように目を丸くし、口笛を吹いた。

そして椅子から立ち上がり、不自然なくらいに肩を揺らしながら、狂三たちのいるカウンターへと歩いてくる。

「なんだいなんだい、今日は随分と美人さんがいるじゃねぇか。人が悪いぜマスター。紹介してくれよ」

「……ただのお客さんです。揉め事はよしてくださいよ」

「あっはっは！　何を心配してんだい。そんなことしやしねえよ。俺だってこの店にゃあ世話になってんだ。――ただまあ、なあ？　偶然出会った男女が話に花を咲かせるってのも、酒場の醍醐味だよなぁ？」

言いながら、金城が無遠慮に、狂三の隣の席に腰かけてくる。

「なあ姉さん、俺たち見ての通りむさ苦しい集団でよ。よければ少し話し相手になっちゃくれないかい？」

「あら、あら。困りましたわね。わたくし、見ての通り食事中なのですけれど」

「まあ、そう言うなって。なあ？」

狂三がやんわりと断るも、金城は諦める様子を見せず、馴れ馴れしく腕を摑んできた。

「喪服なんて着てるってこたぁ、未亡人かい？　随分と寂しい夜を過ごしてるんじゃあねえか？　よければ俺が癒やしてやるぜ？」

金城が下卑た笑みを浮かべる。それに合わせて、後方の席に座った彼の部下と思しき男たちもまた笑った。

狂三はすっと目を細めると、にこりと微笑を作ってみせた。

「それはそれは。――装いといえば、あなたもよくお似合いですわよ」

「ん？　ああ、だろう？　この外套は選ばれし者しか身につけることが許されない――」

「マッチ棒のコスプレでして？　素晴らしい完成度ですわ」

「…………」

狂三の言葉に、金城の表情が変わる。髪が一本もないからか、額が真っ赤になるのがよくわかった。

後方の席から、ぶふっ、と噴き出すような声が聞こえてくる。どうやら金城の部下が堪えきれなかったらしい。ぎろりと金城に睨まれ、すぐにそ知らぬ顔をする。

金城が、凄むように眉根を寄せながら、すっくと椅子から立ち上がった。

「……最近耳が遠くてなあ。よく聞こえなかったんだが、もう一度言っちゃあくれないかい？」

「あらあら、お顔が真っ赤でしてよ。今にも火がつきそうですわ。ここにきてさらに完成度を高めるだなんて、匠の業ですわね」

「ンだと、ゴラァッ！」

狂三の言葉に、金城が怒鳴り声を上げ、椅子を蹴飛ばした。近くにあったテーブルを巻き込み、そこに載っていたグラスが音を立てて割れる。

「気が短いですわね。そんなことでは、すぐに燃え尽きてしまいますわよ」

「まだ言うか、このアマ――」

金城が声を荒らげ、狂三に摑みかかろうとする。

が、その指が狂三に届くことはなかった。

――フーッ！

大きな音に驚いたのか、金城の敵意を感じ取ったのか、ライカが毛を逆立て、威嚇を始めたのである。

「！　駄目、ライカ――」

「うる――せぇッ！」

早穂が声を上げるも、遅い。金城は苛立たしげに言うと、乱暴にライカを蹴り飛ばした。

「ライカ！」

早穂が慌ててライカのもとに駆け寄る。

どうやら大した怪我ではなさそうだ。それもそのはず。いち速く事態に気づいた士道が、目にも留まらぬ速さで床を蹴り、蹴り飛ばされたライカをキャッチしていたのである。ちなみに、まだ食事の途中だったらしく、口をもぐもぐさせていた。

それを見て微かに安堵の息を吐いたのち、狂三は金城に向き直った。

「――今、何をしまして？」

「……あぁ？」

「無礼にもわたくしに触れたことは許しましょう。椅子を蹴飛ばしたのも、わたくしには関わりのないこと。――けれど猫さんを傷つけたことは見過ごせませんわ」

「何をごちゃごちゃ言ってやがる」

金城が腹立たしげに顔を歪め、外套の内側から拳銃を取り出す。それを見てか、夏原や残っていた客たちが息を呑むのがわかった。

「もういい。面倒くせえ。おい、おまえら、この女適当にふん縛って車に乗せちま──」

部下に指示を発する金城の声は、そこで途切れた。

狂三がスカートを翻しながら放った蹴りが、彼が手にした銃を天井に蹴り飛ばしたのである。

「は──」

金城の口から漏れたのは驚愕でさえなかった。今何が起こったのか、まだ正しく把握できていないといった声。──銃を扱う者にあるまじき愚鈍さである。

「銃の使い方を教えてさしあげますわ」

狂三は冷淡な声で言うと、スカートの中から古式の短銃を抜き、たんっ、と金城の足に漆黒の弾丸を見舞った。

「ぎ──ゃあああああああああッ⁉」

金城の足の甲から血が飛び散り、耳を劈くような悲鳴が店内に響き渡る。

「い、痛ぇええ！　痛ぇよぉおおおぉ……！　あッ、あぁぁぁッ⁉」

金城がもんどりを打つようにひっくり返って、足を抱え込んでうめき声を上げる。

狂三はやれやれと肩をすくめると、銃に弾を込めるような仕草をしてみせた。──別に本来そんな動作は必要ないのだが、『普通の銃』と思わせておいた方が何かと都合が良いのだ。

「情けないですわね。それくらいで死にはしませんわよ」

呆れるように言いながら、銃口を金城の眉間に向けてみせる。

「ちゃんと――ここを狙わなくては」

「ひッ、ひぃぃぃぃッ！」

引きつけを起こすかのように金城が叫び、涙目になりながら床を這いずっていく。その情けない様に、狂三ははあと息を吐き、半眼を作ってみせた。

「そこの皆さん。早くこの方を連れて消えてくださいまし。最近引き金が緩んでいるもので、うっかり暴発してしまうかもしれませんわ」

「は……はひ……っ」

狂三が言うと、金城の部下たちは完全に気圧された様子で立ち上がり、呻く金城を連れて店から出て行った。

「やれやれ、ですわ」

男たちの背が見えなくなったところで、狂三は短銃をスカートの中にしまい込み、士道たちの方に歩いていった。

「早穂さん、士道さん。ライカさんは無事でして？」

「はい、大丈夫みたいです」

「……ああ。どうやら蹴られる瞬間、飛び退いてたみたいだ」

「まあ、それは。さすが猫さん」

ふふ、と笑みを零しながら、ライカの喉元を撫でる。三毛猫は甘えるように、なぁーご、と鳴いた。

「……えらいことをしちまったな、あんた」

と、夏原が、カウンターの奥から戦慄するような声を漏らしてくる。狂三は呆れるように目を伏せた。

「そんなに大層な相手ではありませんでしょう。確かに銃は脅威かもしれませんけれど、あの度胸ではまともに扱えるとも思えませんわ」

「……確かに大した連中じゃあねえよ。あいつらはな。……問題は、あいつらのボスだ。明日にも報復にやってくる。――もうどうしようもねえ。精霊教団を敵に回しちまった」

夏原の言葉に、狂三と士道は思わず目を見合わせた。

「精霊」

「教団」

そしてその気になりすぎる名を復唱したのち、夏原に向き直る。彼はそのリアクションを驚愕ととったのか戦慄ととったのか、重苦しい調子であとを続けた。

「……ああ。あんたらも知ってるだろう。数年前この世界を滅ぼした存在――『精霊』を。あいつらは、それを奉ずる信奉者たちさ。……まあ、教団てのは名ばかりの、ならず者集団だがな。あいつらは半年くらい前から現れて、この集落で好き勝手するようになった。俺たちに逆らえば、精霊様が黙ってないぞって言ってな」

「くだらないですわね。精霊の存在が人々の恐怖の象徴となっているのをいいことに、その名を勝手に使っているだけではありませんの？」

狂三が呆れるように言うも、夏原の表情は晴れなかった。

「……俺たちだって最初はそう思ってたさ。でもな。見ちまったんだよ。あいつらのボスを。――本物の、精霊を」

「…………、間違いありませんの？」

「ああ。あれは初めて奴らが現れたときだ。もちろん俺たちは奴らを追い返そうとした。……でも、そこで宙に浮いた女が現れたかと思うと、突然地面を爆発させて、辺りの景色を一変させちまったんだ。今思い返しても震えが止まらねえ。あんなの、精霊以外の何だっていうんだよ」

「ふむ……」

狂三があごに手を当てながら考えを巡らせると、士道が服の裾を引っ張ってきた。恐らく彼も、狂三と同じ想像に行き着いたのだろう。

「――狂三」

「ええ、もしかしたら、ですけれど」

「なら――」

士道の手に力が籠もる。が、狂三はゆっくりと頭を振ると、士道にしか聞こえないくらいの声で続けた。

「落ち着いてくださいまし。確かに気持ちはわかりますけれど、わたくしたちの目的が達せられたなら、この問題そのものが『なかったこと』になる。わざわざ時間と労力を使う必要はないのではありませんこと？」

「それは……」

狂三が言うと、士道はしゅんと肩を落とした。

「とはいえ――そうですわね」

まあ、頭で理解できたとしても、心で納得できるかは別の話だろう。狂三はため息混じりに肩をすくめた。

「さすがに少し疲れましたわね。久々にシャワーを浴びて、ベッドで眠りたい気分ですわ。

翌朝、もしわたくしたちの前に邪魔者が現れたなら――蹴散らす他ありませんわよね？」

「…………！」

狂三の言葉に、士道は顔を上げた。

◇

――夜。士道は集落を出た場所で地面に座り込み、星を見上げていた。

結局あの騒動のあと、士道と狂三は集落に宿泊し、報復に来るであろう精霊教団とやらを迎え撃つことを夏原たちに伝えたのである。

まあ、散々精霊の脅威を聞かされたあとだったため、夏原や他の住人たちに正気を疑われはしたのだが。

とはいえだからといって、精霊教団がやってきたとき、騒動を起こした狂三や士道がいなければ、それはそれで集落が被害を被ることになる。夏原たちもそれをわかっているのだろう。複雑そうな顔をしながらも、士道たちの申し出を承諾したのだった。

「…………」

士道がわざわざ外に出ていたのは、別に寝床が気に入らなかったからではない。精霊教団がやってくるのが翌朝と決まっているわけではない以上、一応警戒しておいた方がよいと判断したのである。

そして、もう一つ。

「ん――」

士道は大きく伸びをすると、右手を胸元に置いた。

仕方のないこととはいえ、少し疲れた。誰もいない今ならば――

「――あ、やっぱりここに」

「……！」

と、突然後方から声をかけられ、士道は慌てて手を元の位置に戻した。

見やると、いつの間にそこに現れたのか、早穂とライカが、階段から顔を覗かせていることがわかった。

「早穂。それにライカ。……どうした。眠らないのか？」

「これ。お父さんがお夜食にって」

士道が問うと、早穂は手にしていた容器を手渡してきた。透明のタッパーに、大きなおにぎりが二つ、詰め込まれている。

「こ、これは……」

それを見た瞬間、くぅ、と士道のお腹が鳴る。夕食の味は決して悪くなかったのだが、少々量が足りなかったのである。上手く誤魔化したつもりだったが、どうやら見抜かれていたらしい。

「……ありがとう。いただくよ」

「はい」

士道が言うと、早穂はそのまま士道の近くに座り込んだ。

「ねえ、士道さん」

「ん……なんだ？」

「士道さんたちは、どうして旅をしてるんですか？」

「……、狂三が言ったろ。世界を救うためだ」

士道はそう言ったのち、「いや」と首を振った。

「違うか。もっと私的な理由だ。……俺は、やり直したいことがあるんだ」

「ふうん……」

早穂は、よくわからないといった様子でそう返してきた。別に不審がっている様子もないが、信じているという風でもない。きっと、会話そのものが目的だったのだろう。

「……早穂」

「はい？」

「もし。もし、だ。大霊災が起きていなかったら。世界が今のように壊れていなかったら……早穂は、一体何をしたいと思う?」

「え? うーん……」

士道の問いに、早穂は難しげな顔で唸った。

「あんまり、昔のことって覚えてないです。だから、よくわかんないです」

「……そうか」

士道は短く答えた。早穂の歳で、何も覚えていないとは考えづらい。もしかしたら何らかのショックで、記憶の一部を失ってしまっているのかもしれなかった。

「あ、でも」

早穂は何かを思い出したように目を見開いた。

「――お母さん」

「む?」

「私のお母さん、その大霊災ってやつでいなくなっちゃったらしいので。だから……もしできるなら、一緒に暮らしたいです」

「………」

早穂の言葉に、士道はしばしば無言になった。

そしてそののち、早穂の頭に手を置き、ぐりぐりと撫でる。

「わっ、どうしたんですか？」

「……その願い、確かに聞き届けた。だから、少しだけ待っててくれ」

士道は、手に力を込めながら、星に誓うようにそう言った。

翌朝。砂塵舞う荒野に、二つの人影が立っていた。

一つは、黒のレースで飾られた喪服を風に遊ばせる女性——時崎狂三。

もう一つは、ぼろぼろの外套を纏った少年——五河士道。

二人は神社を守る狛犬か、さもなくば金剛力士像の如く、地下集落入り口の左右に陣取り、敵の到着を待ち構えていた。

「——確認ですけれど、精霊教団とやらがやって来るのは、この方向で間違いありませんのね？」

狂三は、隻眼で地平線を眺めたまま、静かに声を発した。

「……あ、ああ。詳しい場所まではわからねぇが、あいつらはいつも北の方からやってくる。たぶん向こうにアジトがあるんだろう」

するとと後方の瓦礫の陰から、夏原の声が聞こえてくる。

そこにいるのは彼だけではない。手製の武器や防具で武装した地下集落の住人たちが、辺りに身を潜めて様子を窺っていた。

集落の住人たちも、教団の横暴には耐えかねていたらしい。もはや対決は避けられないと悟ったところ、死なば諸共と参戦を決めていたのである。

「結構。後方から来られても格好がつきませんものね」

狂三はふうと息を吐きながら言うと、注意を促すようにあとを続けた。

「――しつこいようですけれど、わたくしたちが倒れるまで、絶対に手を出さないでくださいまし。……というか、足手まといにしかならないので、できれば地下にいてほしいのですけれど」

「ば、馬鹿野郎。そんな真似ができるか！」

夏原が、震える声で叫びを上げる。

「俺たちだって、あいつらには恨みがあるんだ。確かに精霊は怖ぇがよ、どうせ死ぬなら、下っ端共くらいには一矢報いてやる。――正直、あんたが金城の野郎にぶっぱなしてくれたときゃあ、ヤベェと思いながらもスッキリしちまったよ」

夏原の言葉に、他の住人たちも賛同するようにうなずく。

「あら、あら」

狂三は微かな呆れを覚えながらも小さく笑った。

まあ、精霊教団との諍いの原因を作ってしまったのは狂三である。狂三を捕らえて教団に差し出し、問題の解決を図ろうとしない分、まだ気持ちのいい者たちだろう。——まあもしかしたら、精霊教団がそういった交渉を受け付けないということを知っているだけかもしれなかったけれど。

「——来たぞ」

と、そこで士道がぽつりと告げる。

ほどなくして、凄まじい砂煙と爆音が、遠くから近づいてきた。

——五〇台はくだらないであろう、車とバイクの群れ。いずれも改造が施されているらしく、黒地に金色で、奇妙な紋様が描かれていた。金城が身につけていた外套と同じ柄である。随分と悪趣味だと思ったが、なるほど、これだけの数が集まればそれなりの威圧感にはなるらしかった。

「ぐ……っ」

夏原が怯むように後ずさる。——まあ、狂三と士道にとってはその方が好都合である。

狂三は静かに、スカートの中から短銃を抜いた。

「——士道さん。わかっているとは思いますけど、やりすぎてはいけませんわよ?」

「ああ」

狂三が言うと、士道は首肯しながら短く返してきた。

するとそれに合わせるように、精霊教団ご一行が狂三と士道の目前までやってくる。教団員たちは皆揃い(そろ)の外套を身につけ、それぞれやたらと派手な髪型をしていた。——やはり、お世辞にも教団とは言い難(がた)い。どこからどう見ても世紀末の荒くれ者たちである。

と、先頭の車の助手席から、片足をギプスと包帯で固め、松葉杖(まつばづえ)を突いた男が降りてきた。——金城だ。

「へっへっへ……逃げずにお出迎えとは嬉(うれ)しいねえ。ひと晩経って頭も冷えたか? 頭を地面に擦(こす)りつけて赦(ゆる)しを乞うってんなら、聞いてやらねえこともねえぞ?」

「あら、まあ。あの程度の怪我(けが)に、随分と大げさな処置ですこと。もしかして自分が撃たれるのは初めてでして? ならいい経験になりましたわね。覚えておくといいですわ。銃で撃たれると痛いんですのよ」

狂三が子供に言い聞かせるような調子で言うと、周りの教団員たちがくすくすと含み笑いを漏らした。金城の顔が真っ赤に染まる。

「こ、この……ッ! 俺の女にしてやろうと思ったが、もう許さねぇ。グチャグチャにして殺してやるよ……！」

その一言が、開戦の合図だった。車やバイクから降りた教団員が、拳銃やマシンガン、果ては火炎放射器など、様々な武器を狂三たちに向けてくる。

「きひ――ッ」

が、狂三は微塵も怯むことなく地面を蹴ると、大きく跳躍して、教団員たちの直中に飛び込んだ。

「な……っ⁉」

教団員の狼狽の声が聞こえてくる。それはそうだろう。長物でさえ、仲間が密集した空間では振るいづらいのだ。飛び道具がその本領を発揮できるはずはない。

今の時代にここまでの装備を集めたことには素直に感心するが、こんな場所で引き金を引こうものなら、間違いなく味方に当たってしまうだろう。

そして逆に言えば――

「きひひ、ひひひひひッ！」

――周囲が全て的である狂三は、撃ち放題ということだ。

狂三はもう一挺、古式の歩兵銃をスカートの中から取り出すと、照準を定めるでもなく銃を乱射した。周囲にいた教団員たちが、悲鳴と呻きを上げてその場に蹲っていく。

「ふ――ッ」

視界の端に、ちらと士道の姿が映る。彼は彼で敵の直中に飛び込むと、徒手空拳で敵を次々と制圧していた。

このペースならば、教団員全てを倒すのに、あと五分とかかるまい。

「な、なんなんだよこりゃあ……！　どうなってやがるんだよぉぉぉっ⁉」

戦場に、金城の悲鳴じみた声が響き渡る。それはそうだろう。数十名もの仲間が、たった二人を相手に次々と倒されているのだから。

しかし、それも当然ではあった。如何に大仰な兵器で武装しようとも、ただの人間が狂三と士道の二人に敵うはずがなかったのである。

――が。

「……あら？」

「…………⁉」

次の瞬間、狂三と士道は微かに眉を揺らした。

まるで見えない手に掴まれたかのように、身体がぐっと重くなったのだ。

そしてそれに合わせるようにして、辺りに女の声が響き渡る。

『――何をしている……』

叫んでいるような様子はない。静かな声音。けれどその声は、まるで大型スピーカーを通したかのように、辺りの空気をビリビリと震わせた。

「……！　せ、精霊様！」

「申し訳ございません……！」

その声を聞いた瞬間、金城たちが慌てた様子でその場に跪いた。

すると、車の群れの中央にあった大型トラックの荷台が、光とともに展開していき――

そこから、ぼんやりとした輝きを放つ女性が、姿を現した。

雪のように白い髪に、幽鬼のように白い肌。身に纏う外套はそれに反するように黒く、襤褸のようになった裾を風に遊ばせている。

だが、彼女を目にした者がまず注視するのは、それらの要素ではあるまい。

そう。その光る女は、まるで目に見えない道を歩くかのように、その場に浮遊していたのである。

「あ、ああ……」

「精霊――」

その神々しくも禍々しい様に、狂三たちの後方に控えていた集落の住人たちが声を震わせる。

無理もあるまい。今この世界の人間にとって、精霊の存在は恐怖そのものだ。人智の及ばぬ存在を前にして戦意を保つことは困難だろう。

だが。狂三は至極落ち着いた調子で彼女を見つめ、口を開いた。

「……なるほど、なるほど。大方予想通りでしたわね」

「……何だと？」

狂三の言葉に、自称『精霊』が返してくる。先ほどのように拡声はしていないようだ。その声音からは、自らの存在を怖れない狂三たちに対する違和感と苛立ちのようなものが感じられた。

だが、出来の悪い偽者に配慮してやる義理などはない。狂三は構わず声を張った。

「――随意領域。顕現装置の存在を知らない方から見れば、確かに魔法のようにしか見えないでしょう」

そして、『精霊』の喉元を射貫くように銃口を向け、続ける。

「あなた、DEMの魔術師の生き残りですわね？　その髪と衣装は自前ですの？　それとも、まさか十香さんに似せているつもりでして？　正直、似合っていませんわよ」

「…………ッ⁉」

宙に浮いた『精霊』が、表情を歪める。その精神状態を反映してか、狂三たちを包む不可視の空間――随意領域に、軽い電流が走るかのような衝撃が生じた。

「……貴様、何者だ」

『精霊』が、訝しげに問うてくる。

狂三はやれやれと息を吐くと、おもむろに側頭部に手をやった。

「あら、あら。DEMの魔術師ともあろうお方が、お忘れでして？　わたくしの顔を。

――この、左目を」

そしてそのまま、眼帯を取り払ってみせる。左目――時を刻む時計の文字盤が、風に晒された。

それを見て、ようやく狂三の正体に気づいたらしい。『精霊』が、表情に狼狽を滲ませる。

「っ、まさか……〈ナイトメア〉だと!?　馬鹿な、貴様は死んだはず――」

「うふふ、よく言われますわ」

狂三は自嘲気味に笑うと、ぐっと身体に力を込めた。――随意領域の枷を引き千切るように。

「ぐ……！」

『精霊』は、指を戦慄かせると、両手を大仰に突き出した。

「ふ、ざけるな……！　この世に『精霊』は、私一人で十分だ！　消え去れ、旧時代の亡霊……ッ！」

その声に合わせ、随意領域が再度展開される。教団員たちの手にしていた大小様々な兵器が宙に浮き、狂三目がけて一斉に放たれた。

が、そんなものが狂三に通用するはずはない。狂三は身を翻すと、自らの影に潜ってその攻撃を避けてみせた。

「な――」

「あらあら、本当にわたくしのことをお忘れですの？　悲しいですわね」

狂三はわざとらしく涙を拭うような仕草をしてみせた。

するとそれが余程気に障ったのか、『精霊』は表情を怒りに染めると、再び無数の兵器を操り、銃口を一方向に向けた。

「があぁぁぁぁぁッ！」

ただし狂三にではなく――その後方に控えた集落の住人たちに向けて。

「――っ」

狂三は思わず息を詰まらせた。

『精霊』の狙いはすぐに知れた。恐らく集落の住人を狙えば、狂三がそれを庇うと思ったのだろう。

別に善人を気取るつもりはないが、一宿一飯の恩がある人々を目の前で殺されるのは気分のいいものではない。もしも判断を下す時間があれば、狂三は『精霊』の目論み通り住人たちを守ったかもしれない。

が、狂三は反応が遅れてしまった。

――『目的』を達せられれば、この惨事さえも『なかったこと』にできる。目先の感情を追って全てを台無しにすることだけはあってはならない。

大局のために多くの犠牲を積み上げてきた狂三だからこその逡巡。それが、一瞬狂三の動きを鈍らせた。

――引き金が引かれる。

集落の住人たちに、無数の弾丸が放たれた。

「――――」

早穂は、夢でも見るかのような心地で、目の前に展開される光景を眺めていた。

宙に舞う白髪の女。こちらに口を向けた無数の銃。そこから放たれた幾発もの弾丸。

その様は、まるで夜空に煌めく星々のように幻想的ではあった。

そう。地下に隠れていろときつく言い含められてはいたものの、どうしても士道と狂三のことが気になって、こっそり皆のあとをつけてきていたのである。

だから、もしかしたらこれは、言いつけを破った罰なのかもしれなかった。

一瞬あとには、放たれた弾丸は早穂や父たちの身体を貫くだろう。恐らく即死は免れまい。死体が原形をとどめるだけでも幸運といえた。

が――

「――え？」

早穂は、自分の喉から、そんな呆然とした声が漏れるのを聞いた。

早穂たちに確実な死をもたらすかと思われた銃弾群。

それが、一瞬にして粉々に吹き飛ばされたのである。

「な、なんだ……？」

「あれは――」

周囲から、住人たちの声が漏れる。

だがそれも無理からぬことだろう。先ほどまで教団員たちの直中にいた少年――士道が、いつの間にか皆を守るように、虚空に浮遊していたのだから。

「……仕方がない。ここまでだ」

士道は呟くように言うと、右手を前方にかざしてみせた。

するとその手の中に、魔女の帽子の如く弧を描いた刀身を持つ、漆黒の短剣が出現する。

「──〈贋造魔女〉」

士道はそう言うと、短剣を自分の胸に突き刺した。

血は噴き出さない。その代わり、短剣を突き立てた場所から光が広がっていき──士道のシルエットを変化させていった。

「あ──」

士道の姿が、少女へと変貌する。

色の抜け落ちたような長い髪と肌。暴力的なまでに美しい相貌。

そして一体どこから現れたのか、その手には巨大な漆黒の『爪』が備わり、身体の周囲には、先ほどの短剣を含め、一〇本もの『剣』が浮遊していた。

それを目にした瞬間。

早穂の心臓が、どくん、と跳ねた。

奇妙な感覚。──自分は、この少女を、どこかで見たことがある──？

「……あなた、は……」

「…………」

まるで早穂の声が届いてしまったかのように、士道であった少女が、少し悲しそうな表情を浮かべる。

だが、彼女はすぐに気を取り直すようにキッと視線を鋭くすると、同じく宙に舞う敵に向き直った。

「──これ以上は捨て置けん。一撃で決着をつけてやる。覚悟をしろ」

凜とした声で言って、少女が『爪』を掲げる。

「な──嘘……、そんな、馬鹿な……！　なんでこんなところに──」

それを見て、無数の銃を携えた自称『精霊』が、震える声を発する。

その表情に浮かぶのは、底のない戦慄。狂三に対していたときでさえ滲ませなかった、掛け値なしの絶望。

「う……うわぁぁぁぁぁぁぁッ！」

半狂乱になって叫びを上げ、『精霊』が両手を前方に向ける。彼女の周りに浮遊した無数の銃器が、みたび火を噴こうとした。

しかし、そのときである。

「──」

少女が、無造作に『爪』を振るったのは。

動作だけを見れば、別段何ということはない。頭が痒かったから掻いたような。蚊が飛んでいたから手で払ったかのような。そんな、至極軽い動き。

けれど次の瞬間、その小さな動作に合わせて——

「は……」

空が、割れた。

何の比喩でも誇張でもない。茫洋と広がっていた虚空。そこに五条の閃光が走り、目に映る限りの景色を様変わりさせてしまったのである。その余波を受けてか、荒野にもまた、深々とした傷が、長く、長く刻まれる。

『精霊』は直撃こそ受けていなかったものの、その一撃で完全に戦意を喪失してしまったらしい。ぐるんと白目を剝いて地面に落下し、そのまま動かなくなった。

やがて、空が己の在り様を思い出したかのように、軋みのような音を上げながら、元の形を取り戻していく。

けれど、その余波で大地に刻まれた五本の傷は、今し方起こった現象が、夢や幻覚でないことをありありと示していた。

一〇〇の言葉よりも雄弁な、一瞬の出来事。

それは、一つの事実を示すのに十分に過ぎる力を有していた。

「……っ」

早穂もまた、戦慄とともに確信する。

――この少女が、かつて世界を滅ぼしたのだと。


「――終わりましたわね。最後は助かりましたわ、十香さん」

「……うむ」

戦いのあと。そう話しかけてくる狂三に、士道――十香は短く返した。

面が割れ、力さえも示してしまった以上、もう名を偽る必要もないと判断したのだろう。

実際、その通りではあった。長らく集落を苦しめてきた教団の主を倒したというのに、住人たちは喜びを露わにすることもなく、困惑と戦慄がない交ぜになったような視線をこちらに送ってくるのみだった。

それはそうだろう。精霊だと思っていた敵が倒されたと思ったら――本物の精霊が現れてしまったというのだ。

そう。十香は数年前、この世界を滅ぼした。人々から恐れられる恐怖の精霊。それこそが十香に他ならなかった。だからこそ無用な混乱を避けるために、人がいそうな場所では〈贋造魔女(ハニエル)〉で少年の姿に化けていたのだ。

だが、こうなってしまってはそれももう意味がない。

今の十香たちにできることは、少しでも早くこの場を去ることだった。全ては悪い夢だったと、この集落の住人たちが日常に戻れるように。そして一刻も早く『目的』を達するために。

「顕現装置(リアライザ)は破壊しておきましたわ。――参りましょう」

「…………」

十香は無言でうなずくと、狂三とともに、近くに停(と)めていたバギーの方へと歩いていった。

「……っ」

「うぉ……」

その動作を受けて、住人たちが十香を怖(おそ)れるように道を空ける。

なんとも居心地の悪い花道である。十香は少し歩調を速め、足早にその場をあとにしようとした。

が。

「──十香さん！」

そのとき、十香の背に、そんな声がかけられた。

驚いて振り向くと、そこに早穂が立っていることがわかる。多分先ほどの狂三の言葉から、十香の真の名を知ったのだろう。

早穂は、複雑そうな表情を作っていたが、やがて覚悟を決めたように、喉を絞ってきた。

「……ありがとう！」

「…………！」

十香は一瞬目を見開いたが──

「うむ！」

すぐに弾けるような笑みを浮かべ、そう答えた。

◇

「……一体、何がどうしてどうなってんだ、こりゃあ……」

「精霊が、精霊に……？」

「でもこれで、教団に悩まされることはねえってことだよな……？」

二人の旅人が去ったあと。

気絶した教団員や『精霊』を眺めながら、集落の住人たちは狐につままれたような顔をして立ち尽くしていた。

いつ教団員たちが目覚めるかわからない以上、早めに拘束した方がいいのだろうが――そう簡単に折り合いは付かないらしい。

まあ、それも仕方あるまい。何しろ恐怖の象徴とされていた精霊に救われた――というか、気づかぬうちにご飯をご馳走してシャワーと寝床まで供していたというのだから。その困惑も推して知るべしだ。

それに、この状況は早穂にとっては悪いことばかりではなかった。父を含めた皆が呆然としているものだから、早穂が言いつけを破って外に出てきた件が有耶無耶になっていたのである。

「…………」

皆が我に返る前に地下に戻った方がいいかもしれない。早穂はそう判断して、足音を殺しながら階段に向かおうとした。

と、そのときである。

土煙を伴って、一台の車が早穂たちのもとにやってきたのは。

一瞬、精霊たちのバギーが戻ってきたのかと思ったが――違う。カーキ色をしたジープに、野戦服を着た人間が数名、乗っていた。

　予想外の事態が連続し、脳の処理が追いつかないといった様子で、住人の一人が眉根を寄せる。

「な、なんだなんだ？」

　すると、髪の短い精悍な顔つきの女性が運転席から降り、ビッと敬礼をしてみせた。

「――南関東臨時自警団の日下部燎子よ。この辺の集落の人？」

「り、臨時自警団？」

　住人が困惑した様子で返す。すると燎子と名乗った女性は、小さくうなずきながら続けた。

「ええ。無政府状態が続いてるから、自分たちの身は自分たちで守ろうってことで組織されたの。――で、この辺りに、精霊の名を騙って悪さをしてる奴らがいるって話を聞いてやってきたんだけど……」

　燎子は辺りの惨状を見回すと、たらりと汗を垂らした。

「この倒れてる連中ってことでいいのよね？　見るからに悪者っぽいし」

「あ、ああ……」

　住人の一人が戸惑いがちに答える。まあ、こちらとしてはそう答えるしかないだろう。

燎子は何やら腑(ふ)に落ちないような顔をしていたが、すぐに気を取り直すように咳払(せきばら)いをした。

「いろいろ気になることはあるけど……とりあえず全員ふん縛っちゃいましょ。——亜衣(あい)、麻衣(まい)、美衣(みい)！」

燎子が言うと、車の後部座席から、野戦服を着た女性が三人、降りてきた。

「へい、隊長！」

「ガッテンです！」

「神妙にお縄につけぃ！」

そして、手慣れた様子で教団員たちを拘束していく。

そんな様子を見ながら、燎子が不思議そうに腕組みをした。

「……にしても、随分派手にやったわね。誰の仕業？」

「それは……」

「——正義の味方だよ」

早穂が言うと、それに同意を示すように、ライカが「なぁーご」と鳴き声を上げた。

◇

──砂埃(すなぼこり)を巻き上げ、無人の野を、一台のバギーが走っていく。

「……それで、その霊脈とやらにはいつ頃着くのだ？」

「さて、大まかな場所しか聞いておりませんし、詳しくはわかりませんわね。そこが本当に霊脈であるかどうかはまた別の話ですし」

「むう……いつになったら〈刻々帝(ザフキエル)〉の弾が使えるのだ？」

「言ったではありませんの。わたくしが弾を使うためには、膨大な霊力と『時間』が必要だと」

「だから、それは私からいくらでも吸い上げていいと言ったではないか」

「どこかの誰かさんに、〈時喰(ときは)みの城(しろ)〉を奪われていなければ、それも可能だったかもしれませんけれど」

「……………ぐむ」

「だから、霊脈を探すのですわ。力ある土地でならば、十香さんからわたくしへの霊力の移譲も容易なはず。今しばらくの辛抱ですわ。──それとも、早くも嫌になりまして？」

「まさか。こんなところで諦めては、あのとき私を救ってくれた、あちらの世界のシドーに申し訳が立たない」

「ふふ。そうですわね」

狂三と十香は荒野を征く。
大地に残った霊脈を探し、狂三に十香の霊力を譲渡するために。
そしてその『弾』で以て、世界をやり直すために——

澪オリジン

OriginMIO

DATE A LIVE ENCORE 11

「──学校に行ってみたい？」

とある日の夜。崇宮真士は目を丸くしながらそう言った。

崇宮家のリビングには今、三つの人影がある。一人は当然真士。そして真士の妹の真那。

そしてもう一人は──

「うん。……ごめんね。無理を言っているのはわかってるんだけど」

申し訳なさそうな顔をしながらソファに腰掛ける、煌めくような美少女であった。

三つ編みに結われた長い髪に、端整な造作の面。幻想的な色を映す双眸は、見るだけで吸い込まれてしまうかのような、不思議な引力を有していた。

名を、崇宮澪。

真士、真那とともにこの家に暮らす『家族』である。

「いや、謝ることなんてないよ。でも、なんで急に学校なんて──」

「──や、気持ちはわからなくもねーです」

真士の言葉に応えるように言ったのは、澪ではなく、その向かいにいた真那だった。

左目下の泣き黒子と、精悍な顔つきが特徴的な少女である。一つ結びにした髪を揺らすように首肯しながら、あとを続ける。

「澪さん、真那と兄様が学校に行ったあとは家に一人でいやがりますからね。退屈に思うのも無理のねーことかもしれねーです」

「あ――」

真那の言葉に、真士は声を詰まらせた。

「そっか、そうだよな。ごめん澪。考えが至らなくて」

言って、小さく頭を下げる。

そう。見たところ澪は真士と同じくらいの年齢――一七歳前後に見えるが、高校には通っておらず、日中は家で家事をしたり、本を読んだりしている。

とはいえ彼女は不登校児でもなければ、家庭の事情で進学を諦めたわけでもない。

もっと単純な理由。澪はこの世界に現れてから、まだ日が浅かったのである。

――今から数週間前。真士たちの住む天宮市を、とある災害が襲った。

空間震。空間の地震と称される広域破壊現象。約半年前ユーラシア大陸中央部を襲った原因不明の大災害と同様の現象が、街の景色を一変させてしまったのだ。

そして、偶然その現場に居合わせた真士は、その爆心地に一人佇む少女と出会った。

それこそが、彼女――崇宮澪であった。

未曽有の災害による混乱の中、真士は彼女を放っておくことができず家に連れ帰り――

なんだかんだで今に至る。

最初は何も知らなかった澪であるが、その学習能力は凄まじく、瞬く間に様々な知識を吸収し、あらゆることを身につけていった。もう今では、真士や真那にできて澪にできないことを探す方が難しいくらいである。家での時間を退屈に思うのも無理からぬことかもしれなかった。

が、澪は慌てるように首を横に振った。

「あ、ううん。退屈なんてことはないの。お掃除やお買い物を任せてもらえるのは嬉しいし、すごく刺激的。本を読んで新しい知識が得られるのも楽しいよ。でも——」

澪は、ほんのりと頬を染めながら続けた。

「シンや真那が、よく学校の話をしてくれるでしょ？　なんだか……楽しそうだなって」

「澪……」

真士は感じ入るように目を細めた。

別に真士は、特別面白い話をしたというわけではない。適当に聞き流され、数日後には覚えてさえいないことも珍しくない、他愛のない日常の雑談だ。

けれど澪にとってそれは、未知の世界で起こった刺激的な体験談であるに違いなかった。憧れのような感情を抱くのも当然だろう。

「──わかった。何とかならないか調べてみるよ」

「……！　本当？」

真士が言うと、澪はぱぁっと表情を明るくしながら声を上げてきた。その無邪気な様に、思わずドキリとしてしまう。

「あ、ああ。いきなり編入ってのは難しいかもしれないけど、体験入学くらいなら──」

「──そう簡単にいくでしょうか」

と、真士の言葉を遮るように、真那が言ってくる。

真士は「え？」と目を丸くしながら聞き返した。

「考えてもみやがってください。澪さんは出自不明かつ正体不明。『崇宮澪』って名前も兄様がつけたものです。当然、戸籍や住民票も存在しません。学校に所属するためには、必要書類の提出が求められるでしょう。一体どうしやがるつもりですか？」

確かに真那の言うとおりである。真士はむうと唸った。

「……こんなとき、戸籍を用意してくれたり、入学手続きをしてくれたりする秘密組織とかがあったら助かるんだけどなあ」

「漫画の読み過ぎです。あるはずねーでしょうそんな都合のいい組織」

真那が半眼を作りながら言ってくる。まったくその通りだった。なぜそんなことを考えてしまったのだろうか。

とはいえ、澪の希望は叶えてやりたい。真士は腕組みしながら考えを巡らせた。

「……なんかこう、特別にお願いするって形にできないかな。書類とか偽造しようとしても上手くいかないだろうし、バレたら大変だし

「ふむ。まだそちらの方が目があるかもしれねーですね。幸か不幸か、今は空間震が起きてから日も浅く、まだ混乱状態が続いていやがります。付け入る隙は十分あるでしょう」

真那は視線を鋭くしながらニッと唇の端を上げた。

「――兄様。できるだけ情に厚く、正義感の強い先生はいねーですか？　ある程度学校内での発言権があるとなおいいです」

「そ、それでどうするんだ？」

「こちらの要望をできるだけストレートに伝えるんです。ただ澪さんは、空間震に巻き込まれて記憶を失った女の子、ということにしておきましょう。紆余曲折を経て今崇宮家で面倒を見ているが、心の傷を克服しつつある彼女が、学校に通いたいと言い出した――と。そう、如何な災害といえど、人が学ぼうとする意志を挫くことはできねーのです！」

派手な身振りをつけながら、芝居がかった調子で真那が高らかに叫ぶ。……なるほど、熱血教師が聞いたならば目頭を熱くしそうなストーリーではあった。

　とはいえ、気になることがないでもない。真士は汗を滲ませながら真那の方を見た。

「……真那、おまえ将来詐欺師とかにならないよな？」

「人聞きがわりーですね。将来警察官志望の真那をつかまえて」

　真那が不服そうに唇を尖らせる。真士は苦笑しながら「ごめんごめん」と詫びた。

「とにかく、善は急げです。災害復興に追われて、上手く役所の連携が取れてねーうちに既成事実を作っちまいましょう。おー！」

　言って、真那が右手を高らかに上げる。

「お、おー！」

　言い方は引っかかったが……まあ間違いではない。真士は同調するように拳を上げた。

　すると、二人の会話をキョトンとした様子で聞いていた澪も、どこか楽しげに「おー！」と手を上げてきた。

◇

　そして、それから数日後。

「――崇宮澪です。今日からしばらくの間、この学校に体験入学させていただくことになりました。よろしくお願いします」

真士の所属する二年四組の教室では、制服を纏った澪が、にこやかに挨拶をしていた。

そう。あのあとすぐに担任の温井教諭に相談を持ちかけたところ、ボロボロと大粒の涙を流しながら、今すぐその子を連れてこいと言ってくれたのである。その後校長に直談判までし、必要な雑事を全て請け負ってくれた。

その結果、想定していたよりも遥かに早く体験入学の許可が下り、こうして澪を学校に迎え入れることができていたのである。

「────」

女子制服である白と紺のセーラー服は、問答無用なまでに澪によく似合っていた。『可憐』という言葉を擬人化したなら、きっとこんな姿になるに違いない。

実際、その感想を抱いたのは真士だけではないようだった。男子女子を問わず、澪が教室に入ってきた瞬間から、教室にいた生徒たちが驚いたように澪に視線を注いでいた。

「何あの美少女……って、もしかしてこの前崇宮くんに忘れ物届けに来た子？」

「同じ苗字……彼女じゃなかったの？　どういう関係？」

「兄妹？　イトコ？　はっ、まさかそれとも妻……!?」

「──はいはい、静かにしろ」

手を数度叩き、温井教諭が言う。

「崇宮さんはな、この前の空間震で記憶を失ってしまったらしく、本当の名前も思い出せないらしい。今は崇宮の家で世話になっているそうだ」

教諭の言葉に、クラスメートたちが「え……っ！」と声を上げる。……半分くらいは記憶喪失の件に関して驚いているようだったが、もう半分は、『崇宮の家で世話になっている』というポイントに食いついているような気がしなくもなかった。

しかし温井教諭は気にした様子もなく、ぐっと拳を握りしめながら続けた。

「だがそれでも、本人の希望で学校に通いたい……と！　わかるかみんな、これこそが人間の強さだ……学ぶことをやめない限り、人は災害になど負けないんだ……ッ！」

温井教諭が熱っぽく叫ぶ。生徒たちは「また始まったよ……」というように、頬に汗を垂らしながら苦笑していた。さすがは生徒たちから「あれは温井じゃない。熱井(あつい)だ」と呼ばれる熱血漢である。

「……っと、失礼。じゃあ崇宮さん、そこの席に座ってくれ」

やがて落ち着きを取り戻した教諭がそう言って、真士の隣の席を示す。

偶然真士の隣が空いていた――というわけではない。記憶喪失（ということになっている）上に、慣れない学校だ。何かあったときのため、顔見知りが近くにいた方がいいだろうということで、温井教諭がわざわざ席を空けてくれたのである。

「はい！」

澪は元気よく答えると、軽やかな足取りで以て、真士の隣の席に歩いてきた。

そしてそこに腰掛け、少し恥ずかしそうにはにかみながら、真士の方を向いてくる。

「──よろしくね、シン」

「……！　ああ、よろしく」

真士は一瞬どきりとしながらも、大きくうなずいた。そして声をひそめながら続ける。

「まさかこんなにスムーズにことが運ぶとはな……先生には感謝しないと」

「うん、そうだね。制服まで用意してもらっちゃったし」

言って、澪が嬉しそうに自分の装いを見下ろす。その可愛らしい様に、真士は思わず見入ってしまった。

「シン？」

「あ、ああ……なんでもない。それより……なんだ、初めての学校だし、わからないことも多いだろ。何かあったらなんでも言ってくれよ」

「うん、ありがとう。初めてのことばかりだけど、みんなについていけるよう頑張るね」

そう言って、澪は嬉しそうに微笑んだ。

だが──

「えー……ではこの問題、わかる人――」

「――はい！」

一時間目、数学。担当の菅原教諭が教室を見渡すようにしながら言うと、澪が元気よく手を挙げた。

その目はキラキラと輝き、腕は真っ直ぐピンと伸びている。まるでお手本のように綺麗な挙手の姿勢である。見るからに、答えたくて答えたくてたまらないといった様子だ。

「ええと、あなたは……」

「体験入学生の崇宮澪です」

「ああ……そういえば温井先生が言ってましたね。じゃあ、前に出てきてください」

菅原教諭の指示に従い、澪は軽快な足取りで黒板の前まで歩いていった。

そして白のチョークを手に取り、物珍しそうに矯めつ眇めつ眺め回したのち、黒板にその先端を触れさせる。

「わっ」

澪は目を丸くすると、落書きでもするかのような調子で、楽しげに黒板の上にチョークを擦り付けていった。

「すごい。映像で見たことはあったけど、こんな感触なんだ。炭酸カルシウムを練って固めたのかな？　なるほど、これなら欠片だけでも線が引けるし、すぐに消せるんだ……」

言いながら、真士の方に視線を寄越してくる。

「ねえシン、すごいね！」

「はは……うん、すごいな」

真士は頬をかきながら微笑んだ。皆の注目が集まってしまうのはやや恥ずかしくはあったが……楽しげな澪の姿の前にはどうでもよいことだった。

「ええと、崇宮さん……？　楽しそうなのはいいんですけど、チョークの書き心地を試したいなら休み時間にしてくれますか？　今は授業中なので……」

「あ、できました」

「えっ？」

澪の言葉に、菅原教諭が目を見開く。

澪が楽しそうにチョークを乱舞させていた黒板には、いつの間にやら見事な図と複雑な数式が記されていた。

「は……、え……っ？　あ……」

菅原教諭は眼鏡の位置を直しながら黒板を見つめ――

「か、完璧……です」

頬に汗を垂らしながら、そう言った。


二時間目、体育。

この日の授業は、平均台や跳び箱を用いての器械体操だったのだが……

「ふっ――」

澪は踏み切り板を力強く踏みしめ、軽やかに宙へと舞い上がった。

そして、重力という概念を無視したかのような軌道で身を捻り、身体を縦横に回転させながら、跳び箱の上を飛び越える。

そののち、まるで矢が突き刺さるかの如く、片足でぴたりとマットに着地を決めた。

『…………』

それを見ていたクラスメートと体育教諭は、しばしの間ポカンと口を開けていたが、やがて我に返ったようにハッと肩を揺らすと、誰からともなく拍手をし始めた。

「すっご……何今の……」

「人間ってあんな風に跳べるもんなの……？」

「こんなの次のオリンピック金メダル確定じゃん……」

真士のクラスの三人娘、亜子、麻子、美子が、呆然としながらパチパチと手を鳴らす。

するとと澪は、少し恥ずかしそうに苦笑した。

「ありがとう。でも、ちょっと失敗しちゃった」

「え……？　ど、どこが……？」

「跳び箱に手を突くのを忘れちゃった。今度はもう少し低く跳ばなくちゃ」

『…………』

亜子麻子美子が汗を滲ませながら言葉を失う。

と、そこで澪は自分に注がれる視線に気づいたかのように、真士たちのいる場所へと小走りでやってきた。

「ねえ、シン。見ててくれた？」

「あ、ああ……すごかったよ」

言いながら、真士はほんのりと頬を染め、澪から視線を逸らした。

理由は単純なものである。体育の授業ということで、澪は皆と同じく、この時代広く普及していた運動着——ブルマーを身につけていたのだが、その装いが、真士には少々刺激的だったのである。

「…………？」

しかし当の澪は、よくわからないといった様子で不思議そうに首を傾げていた。

四時間目、音楽。

『…………』

——もはや、言葉はいらない。

音楽室に居並んだ生徒たちは、皆一様に目を伏せ、辺りに響き渡る流麗なる調べに心を委ねていた。

そう。音楽室に足を踏み入れるなり、グランドピアノを見つけた澪が、是非一度弾いてみたいと言い出したのである。

結果は聴いての通り。生まれて初めてピアノに触れたはずの澪は、楽譜もなしに見事な演奏をしてみせたのだ。——ちなみに、笑いながらピアノを弾く許可を出した音楽教諭は、先ほどから端の席で感涙に噎び泣いている。

「——」

澪が力強く鍵盤を弾き、演奏を終える。

そして椅子を立ち、ぺこりとお辞儀をすると、音楽室に万雷の拍手が鳴り響いた。

「すげぇ……すげぇよ……っ！」

「音楽ってこんなに感動的なものだったんだ――」

「アタタカイ……コレガ……ナミダ……？」

などと、思い思いの言葉で絶賛を示す。澪が照れくさそうにはにかんだ。

「――すごいわっ！」

と、音楽教諭が、顔中を謎の汁でびしゃびしゃにしながら澪の手を取る。

「あなた……崇宮さんって言ったわね⁉　一体どこでこんな演奏技術を⁉」

「えっと、テレビでピアノを弾いているところを見ました。あとは、本で」

「――っ、なるほど、師匠は明かせないってわけね……さてはワケあり？」

言って、音楽教諭がニヤリと意味深な笑みを浮かべる。

澪は正直に答えているだけだったのだが……まあ、無理のないことかもしれなかった。

「…………」

昼休みになる頃には、真士は、かけるべき言葉の選択を誤ったことを自覚していた。

澪の学習能力と適応力を、少々甘く見ていたかもしれない。真士は澪に、「何かわからないことがあったらなんでも言ってくれ」ではなく「あまり目立ち過ぎないよう力をセーブしてくれ」と言うべきだったのかもしれなかった。

とはいえ――

「……ふ」

楽しげに笑う澪の顔を見て、真士は息を吐いた。

確かに、少し目立ってしまいはしたかもしれない。けれどそんなことよりも、こうして澪が楽しそうに笑っていることの方が、大切に思えたのである。

今真士たちがいるのは、校舎の屋上であった。昼休みということで、お弁当を持ってここにやってきていたのだ。

ちなみに同じクラスの亜子麻子美子なども一緒なので、思いの外賑(ほかにぎ)やかである。まあ、皆謎の体験入学生を構いたくて仕方ないのだろう。

実際、澪も同年代（少なくとも見た目は）の女子と話すのは楽しいようで、先ほどからにこやかに三人と談笑していた。

「やー、しっかし驚いたわねー。なんでもできちゃうじゃん」

「ホントホント。記憶喪失って話だけど、何やってた人なんだろ」

「頭脳明晰スポーツ万能、おまけにめっちゃ可愛いときたもんだ。まいったまいった。部活とかは入るつもりなの？　澪ちゃんなら引く手あまたじゃない？」

「――部活」

その言葉に、澪がぴくりと眉を揺らした。

そして何やらそわそわした様子で、真士の方をちらと見てくる。

……もしも澪に尻尾があったなら、パタパタと揺れていたであろうことは想像に難くない。真士は苦笑しながら頬をかいた。

「……よかったら、今日の放課後、見学していくか？」

「――いいの⁉」

真士が言うと、澪はパァッと顔を輝かせた。

そして午後の授業を終え、放課後。澪の部活体験コースが始まった。

真士たちの高校に存在する部活・同好会の種類は約四〇。その中から澪に気になるものを幾つか選んでもらい、時間の許す限り巡ってみることにしたのである。

澪が最初に選んだのは、水泳部だった。先生が用意してくれた体験入学セットの中には、運動着だけでなく水着も含まれていたため、せっかくだから着てみたいということになったのだ。

まあ、とはいえ澪が全力で泳いだのではまた騒ぎになってしまう。水泳部部長の厚意で端のレーンを借りることができたので、簡単な水遊び程度にとどめておくことにした。

「――ふふっ、気持ちいいね、シン。この水着っていうのも動きやすいし」

言って、澪が楽しげにぱしゃぱしゃと水面を弾いて飛沫を上げる。

「あ、ああ……」

そんな澪の様子に、真士は頬を赤らめながら視線を逸らした。……理由は単純。体育のとき以上に、目のやり場に困ってしまったのである。

濃紺のスクール水着によってくっきりと描き出された身体のライン。惜しげもなく露わになった白い手足。そして水に濡れてうなじに貼り付く髪――全ての要素が凄まじい刺激となって、真士の脳を揺さぶってきたのだ。

「どうしたの？」

「な、なんでもないよ。それより次行こう次。……なんか泳ぐまでもなく熱烈に勧誘されそうな気がしてきた」

「……？　うん、わかった」

真士の言葉に、澪は不思議そうな顔をしながらもうなずいてきた。


次いで二人が向かったのは、調理部の部室であった。

エプロンに三角巾を着けた調理部部長が、簡単に説明をしてくる。

「――ま、活動内容はそんなところかな。今日はオムライス作るつもりだから、よかったら試してって。材料はいっぱいあるからさ」

言って、調理台を示してくる。真士と澪は短く礼を言うと、部員たちと一緒に調理を開始した。

ちなみに、他の部員と同じように腕まくりをし、エプロンと三角巾を着けた澪は、先ほどまでとは違う家庭的な雰囲気があってこれまたたまらなかった。

「卵で綺麗にチキンライスを巻くのにはちょっと慣れが必要でね……っと、どうよ！」

と、真士が澪に見蕩れていると、部長が器用にフライパンを返し、卵でチキンライスを包み込んだ。部員たちから『おおー』と感嘆の声が響く。

「ふっ、まあみんなも修業を積めばこれくらいは――って、えぇぇぇぇぇっ⁉」

得意げに語っていた部長が、突然驚愕に目を見開き、真士の手元を凝視してくる。

「……へ？　どうしました？」

「どうしました、じゃなくて！　な、何その美しいオムライスは……！」

「え？　ああ……はい。結構上手くいったんじゃないかと」

「結構どころじゃないっしょ⁉　何この完成度……バランス、輝き、非の打ち所がない……！　ね、ねえ君！　体験だけじゃなく本当に入部しない⁉」

「お、俺ですか⁉」

真士は思わず声を上擦らせた。澪が超絶スキルを発揮して勧誘を受けてしまうのはある程度覚悟していたが、まさか自分に矛先が向くとは思っていなかったのである。

ちなみにそんな光景を横で見ていた澪は――

「ふふ――」

なぜか得意げな様子で、嬉しそうに頰を緩めていた。


そして、その日の最後。真士と澪がやってきたのは、服飾部であった。

なんでも、以前真那とその友人に服を選んでもらったのが楽しかったそうで、服に興味を持ったらしい。

　というわけで、服飾部の部室である被服室を訪れたのだが——

「すみません、体験入部したいんですけど——」

「——ウワーッ！　美少女だぁぁぁっ⁉」

真士と澪が扉を開けると、中にいた女子生徒たちが、太陽を直視したかのように、眼を細めながら顔を覆った。

「えっ、何⁉　体験入部⁉　全然歓迎よ！」

「さっそくだけどモデルが欲しかったところなの！」

「私たち作るのは好きなんだけど着て人前に出るのはちょっと恥ずかしくて！」

と、あれよあれよという間に話が進み、澪のプチファッションショーが開催されてしまったのである。

　綺麗なドレスや、やや趣味の偏ったコスプレ衣装など、様々な服を着せられた澪がカーテンの向こうから出てくるたび、部員が拍手したり唸ったりレンズ付きフィルムで写真を撮ったりする。

「わぁ……綺麗だね、シン」

「うん……綺麗だ……」

まあ、当の澪も楽しんでいるようであったし、真士的にも非常に眼福だったので何も問題はなかったのだが。

と、どれくらい経った頃だろうか、部長と思しき眼鏡の女子生徒が、何かを思い出したように声を発した。

「──あ。せっかくだし、アレいっとく？　絶対似合うと思うんだけど」

部長の言葉に、部員たちがピクリと眉を揺らす。

「アレ……よもや、アレですか⁉」

「我が部の技術を結集しながら、恥ずかしがって誰も着たがらなかった、あの……⁉」

そしてそう言うと、一斉にフォーメーションを展開し、澪をカーテンの向こうへと引きずり込んでいった。

「きゃっ！」

「み、澪……⁉」

「まあまあ、ちょっと待っててよ彼氏くん。いいもん見せたげるからさ」

「……⁉　い、いや、別に彼氏ってわけじゃ……」

などと、予想外の言葉に真士が照れていると、やがて部室奥のカーテンが勢いよく開き、着替えを済ませた澪が姿を現した。

「――――」

その姿を見て、一瞬言葉を失う。

だがそれも当然だろう。何しろ今、澪はその身に――煌びやかなベールのついた純白のドレスを纏っていたのだから。

「綺麗……これはなんていう服なの？」

澪が自らの装いを見下ろしながら、陶然とした様子で言う。部長は一瞬不思議そうな顔をしながらも、小さくうなずいて言葉を発した。

「ウェディングドレス。――結婚式のときに着る服だよ」

「……！　結婚式――」

その言葉に、澪が目を丸くする。

するとその反応をどう受け取ったのか、部長がニヤリと笑い、真士の背を押してきた。

「ほらほら彼氏くん。せっかくだから隣並びなよ。残念ながら男子用の礼服はないけど、一緒に写真撮ったげるから」

「え……ええっ⁉」

真士は思わず声を裏返らせた。もちろん嫌なわけではないのだが、突然すぎて心の準備ができていなかったのだ。

だが――

「――シン」

言って、ほんのりと頬を染めた澪が手を差し伸べてくる。

「……っ。あ、ああ」

真士は小さく息を吞むと、覚悟を決めて足を踏み出し、澪の隣に並んだ。

「いいねえいいねえ、お似合いだよ。ほら、もっとくっついてー。――はい、チーズ！」

パシャリという音とともに、フラッシュの光が二人を包み込んだ。

――澪の体験入学一日目は、そうして過ぎていった。

「んー……」

夕焼けが照らす道を歩きながら、真士は大きく伸びをした。それを見てか、隣を歩く澪が苦笑してくる。

「ごめんね。遅くまで付き合ってもらっちゃって」

「気にするなって。俺が言い出したことだし。……調理部はちょっと困ったけどな」

「ふふ」

澪は小さく笑うと、感慨深げに息を吐いた。

「学校って——いいね。どんな場所か、知識では知っていたつもりだけど、やっぱり体験してみないとわからないことばっかりだよ」

「澪……」

澪は昔のことをほとんど覚えていないという。つまり澪にとって人生とは、真士と出会ってからの短い時間が全てなのだ。きっと今日この一日も、真士と澪では体感した長さが異なるのだろう。

「——体験、すればいいさ」

「え？」

「興味があることは、なんでもしてみよう。俺も付き合うからさ」

「シン……」

澪は感じ入るように真士の名を呼ぶと、元気よく「うん！」とうなずいた。

その可愛らしい様に、思わず照れてしまう。真士は話題を変えるように言葉を続けた。

「——そういえば、気になる部活はあったのか？」

「うーん——」

真士が誤魔化すように問うと、澪はしばしの間考えを巡らせる仕草を見せたのち、ふっと微笑(ほほえ)んできた。

「どれも面白かったけど、帰宅部が一番かな」

「ん？　なんでまた」

「シンと一緒に帰れるから」

「…………」

澪の言葉に、真士は無言になった。……今が夕暮れ時であることに感謝する。もしも青空の下であったなら、頬が真っ赤になっていることに気づかれてしまっただろう。

「……？　シン、どうかした？」

「ん――いや。ただ、今日は楽しかったなって」

「ふふ、そうだね」

真士の言葉に、澪は嬉しそうに微笑んだ。

◇

事件が起こったのは翌々日、澪の体験入学三日目の朝だった。

「……ん？」

澪と一緒に登校してきた真士は、校舎に入ってしばらく歩いたところで足を止めた。何やら一階の掲示板前に、人だかりができていたのである。

「何かあったのかな？」

澪が不思議そうに首を傾げてくる。真士は首肯を以てそれに応えると、そちらの方に歩いていった。

するとそれに気づいたのか、人垣の外縁部にいた一人の男子生徒が真士たちの方を向いてくる。眼鏡をかけた優しそうな顔立ち。真士のクラスメート、五河竜雄だ。

「ああ、二人とも。おはよう」

「ん、おはよう五河。……で、どうしたんだ一体？　随分賑わってるけど……」

「ああ……ちょっとね」

竜雄は微かに眉根を寄せながら、困惑気味に言ってきた。

「なんでも……この学校、今年でなくなっちゃうらしいんだ」

「……は⁉」

竜雄の言葉に、真士は声を裏返らせた。隣で澪も、驚いたように目を丸くしている。

「な、なくなるって……どういうことだ？　なんでまたそんな急に……」

「ほら、前の南関東大空災で、この辺の地域がかなり被害を受けたでしょ。うちの高校も校舎そのものは無事だったけど、結構生徒数減っちゃったみたいで……これから別の場所に移住するって人も多いみたいだしね」

「………」

竜雄の言葉に、澪が気まずそうに視線を逸らす。——そういえば真士と澪が出会ったのは、空間震の現場であった。もしかしたら、何か責任を感じているのかもしれない。

真士は澪の肩に手を置きながら、小さく首を横に振った。

「……澪のせいじゃないだろ。気にしすぎるなって」

「でも……」

「……？　崇宮くん？」

竜雄が不思議そうに首を傾げてくる。真士は誤魔化すように「いや」と応えた。

「なんでもない。……にしても、困ったな。今の三年生はギリギリ卒業できるとしても、俺たちや一年生はどうなるんだ？」

「ああ……うん。一応、隣町の禅和高校と合併って形になるみたいなんだ」

禅和高校。天宮市西天宮にある学校だ。空間震発生地域に近いこともあり、こちらも相応の被害を受けているとは聞いていた。

「なるほど、生徒数の減った学校同士で合併して補い合うってことか……」

「そうみたいだね。ただ……」

竜雄が複雑そうな表情をしながら、掲示板に貼り付けられたプリントを見やる。何やら腑に落ちないことがあるといった様子である。

真士はその視線に導かれるように、プリントに目をやった。

「な……」

そしてそこに書かれた文面を読み、眉根を寄せる。

「──合併後の校名は『禅和高校』とし、施設も禅和のものを使用。こっちの旧校舎は取り壊しの上第二運動場に。制服も新入生からは禅和のものに統一……って、これじゃあ合併ってより統廃合──いや、完全にうちが禅和に吸収されるみたいじゃないか！」

真士が叫びを上げると、竜雄は苦々しい顔でうなずいた。

「どういう経緯でこうなったのかは知らないけど、これはさすがにね……」

「いくらなんでも理不尽すぎる。空間震被害で学校が存続できないのは禅和も一緒なんだろ？　なのに、ろくな説明もないまま、勝手にこんな──」

と、真士が言いかけたところで──

「──おやおや、随分と騒がしいね」

後方から、そんな声が聞こえてきた。

「……なっ⁉」

バッと後方を振り向く。するとそこに、真士たちとは異なる制服を纏った一団がいることがわかった。

男子の詰め襟、女子のセーラー服、ともに深い灰色。

それを見て、真士は訝しげに眉をひそめた。

「その制服……まさか禅和の？」

真士が言うと、先頭に立っていた長身の男子生徒が、「ふっ」と髪をかき上げた。

「その通り。禅和高校生徒会長、綾小路将信だ。以後見知り置きたまえ」

などと、鼻持ちならない様子で言ってくる。真士は頰に汗を垂らしながら眉をひそめた。

「……そいつはどうも。で、その禅和の生徒会長サマが、一体何の用でうちに？」

「知れたこと。合併に向けての視察さ。──まったく、君たちは実に幸運だ」

「幸運？」

「ああ。何しろ入学試験を受けることもなく、栄えある禅和の一員となれるのだからね」

将信の言葉に、真士と周囲にいた生徒たちは、一斉にむっと不快そうな顔をした。

するとそれを見てか、将信の背後にいた眼鏡の男子生徒がはあとため息を吐いた。──

左手に留められた腕章からして、どうやら禅和生徒会の副会長らしい。

「またそんな言い方して……反感買いますよ？」

「事実だろう?」

「……はあ」

副会長がまたも息を吐く。どうやら苦労しているようだった。

「……合併、ね。見たところ、随分と不平等な条件みたいだけどな」

真士が生徒たちの不満を代弁するように言うと、将信は大仰に肩をすくめてきた。

「ほう? 何か不服かい? 偏差値及び進学実績、運動部の活動実績、芸術分野への寄与──全て禅和の方が上だ。君たちにとっても、悪い話ではないと思うけれどね」

「あのなあ……」

まったく悪びれない様子の将信に、真士は眉根を寄せた。

と──

「待ってください」

そこで澪が、凛(りん)とした声を響かせた。

「君は?」

「二年四組の崇宮澪です。──そちらの言い分はわかりました。でも、学校っていうのは偏差値や実績だけで成り立っている場所じゃあないはずです。私はみんなに比べて学校に通い始めて日は浅いけど……それでも、この学校にたくさんの思い出ができました。なくなってしまうのは……悲しいです」

澪が訴えかけるように言う。周囲の生徒たちも、同意を示すようにうなずいた。

「ふむ」

すると将信は、考えを巡らせるようにあごに手を置いたのち、にやりと唇を歪めた。

「なるほど。君の言い分にも一理ある。——いいだろう。ならば、どちらの学校が生き残るに相応しいか、皆の前で決めるとしよう」

「……どういうことですか？」

「それぞれ代表を選出し、学力、運動、芸術の三種目で勝負をするのさ。勝ち数の多かった方が、合併交渉での主導権を握るということなら文句はないだろう」

『な……っ』

将信の提案に、真士をはじめとした生徒たちは息を詰まらせた。

それはそうだ。先ほど将信自身が言ったとおり、禅和は真士たちの高校より、偏差値も部活の実績も上をいっている。選出された代表同士の戦いとはいえ、普通に考えればこちらに勝ち目はあるまい。要は譲歩の形を取りながら、公衆の面前にて勝敗と序列を明らかにし、文句が言えないようにしようということだろう。

「ふざけるな。そんなの——」

「あの」

　が、真士が声を上げようとしたところで、澪が小さく手を挙げた。

「その三本勝負って、一人が全部やってもいいんですか？」

「――は？」

　澪が無邪気な表情で問うと、将信は一瞬目を見開き――やがて堪(こら)えきれないといった様子で笑い始めた。

「はははははっ！　もちろんいいとも。それで我々に勝てるつもりならね！」

　しかしながら、真士たちはそんな彼の反応に憤(いきどお)るでもなく――

『あっ……』

　澪の言葉に何かを察したように、短く声を漏らすのみだった。

「……？　なんだい、そのリアクションは」

「あ、いや……うん。なんでもない……」

　真士が曖昧な返事をすると、将信は一瞬不審そうな顔をしたものの、すぐに不敵な笑みを浮かべてみせた。

「まあいい。日時や場所などは追って通達する。――如何(いか)な条件であろうと、こちらの全勝は微塵(みじん)も揺るがないだろうがね！　はーっはっは！」

言って、将信たちが笑いながら去っていく。

『…………』

真士たちは、ニコニコする澪の隣で、その背を気の毒そうに見送った。

◇

そして数日後、二校の対抗戦が行われることとなったのだが――

「――ぐわぁぁぁぁぁぁぁぁぁぁぁぁぁぁぁっ⁉」

「ばっ、馬鹿な！　あの小此木がペーパーテスト勝負で⁉」

「冗談だろ⁉　小此木といえば、全国模試で二桁に入る秀才だぞ……⁉」

「相手の点数は……満点……⁉」

「あの女子生徒は何者だ⁉」

「――きゃぁぁぁぁぁぁぁぁぁぁぁぁぁぁぁっ！」

「『禅和の駿馬』の異名で知られる早瀬が一〇〇メートル走で敗れるだと……ッ⁉」

「インターハイの常連だぞ⁉」

「ちょっと待て、相手はさっきの生徒じゃないか!?」

「ていうか今のタイム……普通に高校記録じゃないか……？」

「――うぉろろぉぉぉぉぉぉぉぉぉん……っ！」

「なんだこの調べは……心が洗われるようだ……」

「ヴァイオリンコンクール入賞常連の畑ヶ屋が相手にならない……っ!?」

「見ろ！　畑ヶ屋があの生徒に弟子入りを志願している……っ！」

「ああっ！　困ってる姿がちょっと可愛い……っ！」

――大方の予想通り、三本勝負は、一瞬で決着した。

そう。宣言通り澪が三種目全てに出場し、圧倒的大差で以て勝利を収めたのである。

「…………」

真士は簡易的に設えられた観客席でそれを見ながら、額に汗を滲ませていた。

……いや、勝利を願っていたのは本当だし、実際こうなるだろうなあとも思っていたのだが、実際こうして勝負の光景を目の当たりにすると、なんだかちょっと申し訳なくなるというか、相手が気の毒になってくるのだった。

「はー……容赦ねーですねー、澪さん」

などと半眼で言ったのは、真士の隣のパイプ椅子に腰掛けた真那だった。

「うっはー、すっご……」

それに合わせるように、さらにその隣に座った女子中学生が感嘆の息を吐く。――二つ結びにした髪に、猫のような双眸(そうぼう)。崇宮家の近所に住む真那のド親友・穂村遥子(ほむらはるこ)だ。

そう。禅和側が会場に指定してきたのは真士たちの高校の体育館だったのだが、日程が休日であったため、外部の人間でも観戦することができていたのである。

将信としては、より広くに禅和高校の威を示そうとしたのかもしれなかったが……結果は見ての通りであった。

「しっかし、自信満々で挑んどいて一人に全敗じゃあ、禅和もカッコつかないわねー。あっはっは」

遥子が口にくわえたチュッパチャプスの棒をピコピコ動かしながら言う。彼女が着ているのは真那と同じ中学の制服であったが、そんなことはものともしない大股開きの座り方だった。女子中学生にしては少々ガラが悪かった。

しかし。

「――あっ、もしかしてもう終わっちゃった?」

「………！」

後方から竜雄の声が聞こえてきたかと思うと、遥子はビクッと肩を震わせ、足を閉じて姿勢を正した。

「た、竜雄先輩……」

「あ、穂村さんも来てたんだ。どうだった？」

「はい……すごかったです。澪さんの演奏、感動しちゃいました」

などと、先ほどまでとは打って変わって淑やかな調子で返す。それを見て、真士と真那は乾いた笑みを浮かべた。

「……何か？」

「いや……」

「なんでもねーですよ」

真士と真那は適当に返すと、体育館中央に設えられたステージに視線を戻した。

今は勝者である澪に、マイクを持った亜子麻子美子が寄っていっているところだった。

多分、ヒーローインタビューでもするつもりなのだろう。

ちなみに今の澪の装いは、体育のときに着ていた運動着だった。ペーパーテストと演奏はどんな格好でもできるため、運動部門での動きやすさを重視した結果らしい。

『いやー、見事な勝利でした。今のお気持ちをどうぞ』

『――わっ。すごい、声が大きくなった』

『いや可愛いかよ』

感想を求められた澪がマイクに驚き、目を丸くする。その無邪気な様子に、観客席から微笑ましげな笑いが響いた。

とはいえ、無論例外は存在する。

「ば、馬鹿な……こんなことが……」

少し離れた位置に座っていた将信が、唖然とした様子であんぐりと口を開けていた。彼の近くにいる禅和生も同様に、信じられないといった顔を作っている。

……まあ、彼らの気持ちもわからなくはない。何しろ必勝を信じて送り出したそれぞれの分野のエキスパート三名が、為す術もなくやられてしまったというのだから。

『――というわけで、見事勝利を手にした崇宮澪さんでしたー！』

『見てるか校長ー！　澪ちゃんやったぞー！』

『こいつは体験入学からランクアップしてもらわんとならんですねぇ』

「…………!?」

が、ステージ上の亜子麻子美子がそう言った瞬間、将信がバッと顔を上げた。

「ちょっと待て……体験入学だと？　その生徒は体験入学生だっていうのか⁉」

そして、ステージに向かって声を張り上げる。

澪はキョトンとした様子でうなずいてみせた。

「はい。そうですけど……」

「……！」

すると将信はくわっと目を見開くと、ステージ上の澪を指さした。

「この勝負は、各校の代表同士によるものだったはず！　体験入学生は正規の生徒ではない！　不正だ！」

そして、高らかにそう叫ぶ。会場がざわざわとどよめきだした。

「えっと……」

澪が困ったように眉を八の字にする。

その様を見て、真士はパイプ椅子から立ち上がって声を張り上げた。

「おいおい、生徒会長さんよ。負けてから言い訳とはみっともないんじゃないか？」

「はっ！　咎められるべきは、代表資格のない人間を選出した君たちの方ではないかな？

本来なら反則負けとされても文句は言えまい！」

「な……っ」

将信の言葉に、真士は眉根を寄せた。すると将信が、ニッと唇を歪めながら続けてくる。

「——だがまあ、僕たちも鬼ではない。特別に、追加試合を認めようじゃないか！」

「追加試合……？」

怪訝そうに真士が言うと、将信はビッと真士の方を指さしてきた。

「ちょうどいい。ステージに上がりたまえ。僕が直々に勝負してやろう」

「……は？　俺⁉」

真士は自分を指さしながら素っ頓狂な声を上げた。それはそうだ。まさか自分が代表に選ばれることなど想像もしていなかったのである。

「そう。君だ。——それとも、女子の陰に隠れていなければ何もできないのかな？」

「ぐ……っ」

痛いところを突かれ、真士は顔を歪めた。それを見てか、将信が言葉を続けてくる。

「二つに一つだ。反則負けという不名誉な結果を選ぶか、正々堂々勝負をするか。——さあ、どうする⁉」

挑発するような将信の言葉に。

「……上等だ。やってやるよ！」

真士は、拳を握りながら声を上げた。

そして、それから十数分後――

「……すまん」

時間を置いてクールダウンした真士は、申し訳なさそうに肩をすぼませた。

それはそうだ。売り言葉に買い言葉で、皆に許可なく勝手に勝負を受けてしまったのである。

しかしながら、この一戦が学校の命運を決してしまうと知りながら、とんでもない浅慮であった。竜雄や亜子麻子美子をはじめとするクラスメートたちは、やれやれといった様子で肩をすくめるのみだった。

「まあ、仕方ないよ。どっちにしろ受けざるを得なかったと思うし」

「澪ちゃんがあれだけやってくれたのに負けとかあり得ないもんねー」

「そうそう。むしろよくやった」

「あとは勝つだけね！」

「………………」

プレッシャーをかけられ、真士は力なく苦笑した。

「とはいえ――」

と、そこで声を上げたのは真那だった。左手に剣道の面を、右手に竹刀を携えている。

「勝負種目が『剣道』ってのは上手くねーですね」

言いながら、真士に面を被せ、背面の紐を固く結ぶ。

そう。肝心要の勝負種目は、抽選の結果、運動部門の『剣道』に決まってしまってい
たのだ。――しかも最悪なことに、生徒会長・綾小路将信は、都大会優勝経験もある禅和
高校剣道部のエースでもあるらしい。……正直、相手の不正を疑ってしまう真士だった。

「崇宮くん。剣道の経験は？」

「……真那に打ち込み台代わりにされたことなら」

「人聞きがわりーですね」

真士に防具を着け終えた真那が、そう言いながら竹刀を手渡してくる。

「――相手の動きの起こりに注意を払ってください。真那に打たれたくねーと思って身体
が動くことがあるでしょう。あれです。あとはまあ――勢いで」

「……的確なアドバイスありがとうよ」

真士は苦笑しながら言うと、ステージに爪先を向けた。

「――シン」

するとそこで、澪が声をかけてくる。

「ごめんね。私のせいで……」

「何言ってるんだよ。澪がいてくれなかったら、最初の三本勝負で負けちまってるって」

真士の言葉に、澪は何かを返そうとした様子だったが——適切な言葉が見つからなかったのか、唇をきゅっと噛んだ。

だがその代わりとでもいうように両手を広げ、真士をぎゅっと抱き締めてくる。

「……！　澪——」

「頑張って。シンなら、きっと勝てるから」

「………ああ！」

真士は身体に力が漲っていくのを感じながら、ステージへと足を進めていった。

ステージには、既に防具を着けた将信が立っている。その身から発される威圧感は、先程までの将信とは比べものにならなかった。

「ふ。逃げずによく来た。その点だけは褒めておこう」

「……そりゃどうも。俺も、おまえの往生際の悪さだけは褒めてやるよ」

「ふっ」

将信は小さく笑うと、姿勢を正し、礼をした。真士もそれに倣い、礼をする。

二人は前方に三歩進むと、蹲踞の姿勢を取って竹刀を構えた。

「――はじめッ！」

審判が声を上げる。

瞬間――

「――きぃええええええッ！」

奇声を上げて、将信がいきなり上段から竹刀を打ち込んできた。

「うお……っ⁉」

慌てて竹刀を横にし、その打ち込みを防ぐ。重い衝撃が、両手をビリビリと震わせた。

「よく防いだ……！　貴様、素人ではないな……⁉」

「いや試合は初めてだよ……！　たまに真那の練習に付き合わされるだけで――」

「真那――『東中の餓狼』崇宮真那か！　なるほどな……ッ！」

「あいつそんな異名ついてたの⁉」

妹の知らない一面に、思わず声を上げる。

とはいえ、感慨に浸っている暇はなかった。将信はその後も、縦横から積極的に攻撃を放ってきたのである。

スピードと正確さ、そして重さを兼ね備えた打ち込み。もし真那の練習に付き合わされていなかったなら、とうに一本を取られてしまっていたに違いない。……真那にはだいぶ青あざを作られたが……こういうのも、怪我の功名というのだろうか。

だが、それだけだ。確かに試合未経験の素人が、経験者相手にまだ立っていられているというのは驚嘆に値することかもしれない。しかし、真士が真那との練習で覚えたのは、打ち込みの避け方と防ぎ方のみであり、攻撃を練習したことは一度もなかったのである。

「――おぉぉぉぉぉぉぉぉぉぉっ！」

「く――っ！」

将信も薄々それに気づき始めたのか、攻めの勢いを増してくる。このままでは、いずれ押し切られてしまうだろう。だが、一体どうすれば――

「めぇぇぇぇぇぇぇぇぇぇんッ！」

そんな真士の思考の隙を衝くように、将信の鋭い一撃が放たれる。

「――――」

防ぎきれない、と直感する。一瞬あとには将信の一撃は、真士の面を直撃するだろう。

だが、その瞬間。

【――シン！　頑張って――！】

「…………！」

観客席から澪の声が響いてきたかと思うと――

真士は、身体がかぁっと熱くなるような感覚を覚えた。

全身に力が漲り、意識がクリアーになっていく。何の冗談でもなく、一瞬前まで目で捉えることとさえ困難だった将信の動きが、スローモーションのようにゆっくり見えた。

「んな……っ⁉」

将信の狼狽の声が鼓膜を震わせる。

だがそれも無理からぬことだろう。何しろ、仕留めたと思った真士の姿が、影のように掻き消えたというのだから。

否、それだけではない。目にも留まらぬ真士の動きは、その軌跡に幾つもの残像を残していた。何なら身体中からオーラが発されていた。ような気がした。たとえるならばスーパー真士だった。

「な——」

「なんじゃそりゃぁぁぁぁぁぁぁぁぁっ⁉」

驚愕の声が会場に響き渡る。

しかしそれも当然だ。というか、たぶん会場の中で一番驚いているのは真士自身だった。

——だが、極限まで研ぎ澄まされた真士の思考は、その好機を逃さなかった。

スローモーションと化した世界の中、大きく身を捻り——そのまま将信の胴目がけて、竹刀を横薙ぎに振り払う。

「――どおおおおおおおおおおッ！」

「……ッ⁉」

――一閃。

文字通り閃くような一撃が、将信の胴に炸裂する。

将信の身体はそのまま後方に吹き飛ばされると、観客席に突っ込んだ。

その後数秒間、会場を沈黙が包む。

「…………！　い、一本！」

最初に我に返ったのは審判だった。一瞬何が起こったかわからないといった顔をしていたが、やがて状況を理解したのか、手にした旗を高く掲げる。

それからまた一拍してから、観客席から拍手と歓声、そしてどよめきが巻き起こった。

まあ、とはいえそれも仕方あるまい。何しろ一本を決めた真士自身、今自分の身に何が起こったのかを完全には理解できていなかったのである。

「い、今のは――」

「――シン！」

だが、そこでそんな呼び声とともに澪が抱きついてきて、真士は言葉を止めた。

「み、澪？」

「すごいよシン！　おめでとう！」

言って、澪が無邪気な笑みを浮かべてくる。

その声に、先ほどのような不思議な感覚はもうない。真士は首を傾げながら問うた。

「澪、もしかして何かしてくれた……のか？」

「え？　何かって……何を？」

澪が不思議そうに返してくる。その表情は、嘘を言っているようには見えなかった。

「……や、なんでもない」

真士の思い過ごしか――澪にも自覚がなかったかのどちらかだろう。ならば、深く追及すべきではあるまい。真士はそう判断して小さく首を横に振った。

すると澪に続くように、他の生徒も、次々とステージに上がってくる。

「やったね崇宮くん！　ていうか最後の何あれ⁉」

「あんなんできるなら言っといてよー！」

「愛？　愛の力なの⁉」

などと、口々に言いながら真士の背中を叩いてくる。真士は照れくさそうに苦笑した。

が、真士はそこで観客席の方に顔を向けた。

面を外した将信が、正座しながら目に涙を浮かべ、声を押し殺していたのである。

「…………」

……鼻持ちならない男ではあったが、彼の心中は察するに余りある。真士は周りに集まった皆を手で制すと、ゆっくりとした足取りでそちらに向かっていった。

「……ナイスファイト。滅茶苦茶(めちゃくちゃ)強かったよ、あんた」

「……っ」

真士が言うと、将信は小さく肩を震わせながらも、真士を睨(にら)み付けてきた。

「……ふん。見くびるなよ。敗者にかける言葉など……言葉など……ふぇぇ……」

が、堪(こら)えきれなかったようだ。顔をくしゃっとさせて、将信が涙を零(こぼ)す。

「なんなんだよもぉ……ふざけんなよぉ……強すぎんだろぉ……」

などと、純度一〇〇パーセントの弱音を吐きながら、ぺしぺしと床を叩く。……なんだか、先程までとだいぶ印象が変わってしまった。

「──ちょっとすみません。通してください」

と、そこで、観客席の中から、眼鏡をかけた禅和男子が一人歩み出てきて、将信の側(そば)に膝を折った。──先日も彼の側に控えていた副会長だ。

「あーもう、泣かないでください会長。ほら、ハンカチ」

「うん……」

将信が、副会長に手渡されたハンカチで涙を拭う。それを見届けたのち、副会長はすっくと立ち上がり、真士たちの方を見てきた。

「おめでとうございます。――では、合併条件に関しては日を改めて協議するという形でよろしいでしょうか。ああ、上の許可は取ってありますのでご心配なく」

「え？　あ、ああ……」

将信とは対照的に、冷静に過ぎる副会長の言葉に、真士は微かに眉根を寄せた。

「なんか……あんたは随分落ち着いてるんだな」

「はあ。まあ、概ね想定通りですので」

「想定通り……？」

訝しげに真士が問うと、副会長は少し声を潜めながら続けてきた。

「――この勝負は、元から二校の合併条件を公平にするために行われたものですから」

「は……？」

予想外の言葉に、真士は目を丸くした。

「ど、どういうことだ？」

「合併に際して、偏差値や部活動の実績で勝る禅和に統合した方がよいだろうとの意見が多かったのは事実なんですよ。

　ですが先日視察に伺った際、そちらの崇宮澪さんに言われたことがきっかけで、将信さんが奮起してしまってですね……」

「ちょ、ちょっと待ってくれ。将信は吸収合併賛成派だったんじゃ……」

「はい、最初は。基本善人なんですけど、ちょっと情緒がぶっ壊れているところがあるので。みんな禅和生になれるって聞いたら喜ぶだろうなーと本気で思ってたみたいです」

「じ、じゃあ将信は、うちの学校のためにこの勝負を提案したっていうのか⁉」

「まあ、平たく言うと。都教委の方では禅和への吸収が決まりかけていましたから。それを納得させるだけの材料が必要だったんですよ。そちらの高校が力を示せれば、交渉材料になるでしょう？」

「……じゃあなんで澪が勝ったとき、物言いをつけたんだ？」

「いや、体験入学生だったからって言ったじゃないですか。不正とか許せない質なんでこの人。でもちゃんとそのあと、追加試合を提案したでしょう？」

「……はあ」

　……なんだか、難儀な人のようである。

　真士はため息を吐くと、将信に向かって手を差し出した。

すると将信が、ハッと肩を揺らしてそれを見てくる。

「ほら。――なんか、世話になっちまったみたいだな。……悪かったよ。あんたの立場も知らずにいろいろ言って。……なんていうか、ありがとう……？」

「…………！」

将信は数瞬の間真士の目を見つめると、どこか恥ずかしそうに真士の手を取って立ち上がった。

「…………」

「君は……崇宮真士といったかな」

「ああ、改めてよろしく」

「……こういうのが、友情っていうのかな、真士……」

「いやよろしくとは言ったけど距離詰めるの早すぎない？」

いきなり名を呼ばれ、真士は頬に汗を垂らしながら苦笑した。ちなみにもう立ち上がったのだが、なかなか手を離してくれなかった。

まあ、とはいえ傍（はた）から見れば、勝負を終えた者たちの爽やかな握手と映ったのだろう。

観客席から鳴り響いた拍手が、会場を埋め尽くした。

◇

――対抗戦から数日後。

真士たちの高校に、学校合併に関する改正案が貼り出された。

双方の生徒たちに寄り添い、できうる限り二校の要素を残した形にしていくらしい。

そして校名に関しては、生徒や保護者から公募することになったようだ。

「まあ……折衷案としてはそんなところだろうな」

真士は掲示されたプリントを見上げながら、小さく息を吐いた。――母校が今の形でなくなってしまうことに変わりはなかったが、少しでもその息吹(いぶき)を残すことができたのなら、あの大騒動も無駄ではなかったと思えたのである。

「すごいことだよ。頑張ったもんね、シン」

隣に立った澪が、弾(はじ)けるような笑顔で言ってくる。真士は照れくさそうに頬を染めながら、小さく苦笑した。

「来年には、新しい学校――か」

そして感慨深げに、そんな呟(つぶや)きを零す。

もの悲しさを覚えないといえば嘘にはなったが、物事は常に変化していくものであるし、それは決して悪いことばかりではない。陳腐な表現にはなるけれど、別れがあれば出会いがあるのが世の常だ。

「…………」

と、そこで真士は澪に視線を戻した。

空間震のあったあの日、災害現場の直中で出会った謎の存在。

真士が澪と名付けた、正体不明の少女。

そして今、セーラー服に身を包み、真士の隣に立つクラスメート。

それまでの真士の人生には影も形もなかった、『新たな出会い』の象徴。

真士が新しい学校へと移っても――

否、もっと言えば、高校を卒業しても、大学に進学しても、会社に就職しても。

――彼女は、真士の隣にいてくれるのだろうか。

ふと、そんなことを考えてしまったのである。

「……シン？」

澪が不思議そうに首を傾げてくる。

真士は小さく肩を揺らして、誤魔化すように笑った。

「…………！　ああ、ごめん。なんでもない」

「ふふ、変なの」

澪はふっと微笑むと、何かを思い出したように眉を揺らした。

「そういえば――」

「ん？　なんだ？」

「新しい校名は公募制なんだよね。一緒に考えてみない？　もしかしたら選ばれるかも」

「ああ、そうだな――せっかくだしやってみるか」

言って、真士は掲示板の下に置かれていた用紙を一枚手に取った。

「どんなのがいいかな。あんまり突飛すぎない方がいいだろうし」

「うーん……まあ、やっぱり元になった高校の名前は一文字ずつでも残したいよな」

「っていうことは、ここが『来宮』で向こうが『禅和』だから――」

真士と澪は考えを巡らせると、同時に声を発した。

『――来禅高校』

あとがき

お久しぶりです橘公司です。久方振りの短編集『デート・ア・ライブ　アンコール11』をお送りいたしました。いかがでしたでしょうか。お気に召したなら幸いです。

この本が出る頃には、もうアニメ『デート・ア・ライブⅣ』も佳境に差し掛かっているでしょうか。

いやー……第四期ですよ第四期。念願叶って、二亜と六喰もアニメに登場です。これにて精霊全員に声がつきました。まあ厳密に言うと風待八舞などの例外はあるのですが、ここは素直に祝っておきましょう！　まだの方は是非チェックしてみてください！

さて、では恒例の各話解説に移りたいと思います。ネタバレが含まれますので、未読の方はご注意ください。

○十香グラデュエーション

剣闘士ではありません。卒業です。今回の『アンコール』は、『デート』本編終了後の話を多く扱っております。これは『十香アフター』のさらにあとのお話ですね。『卒業式』と『入学試験』という二つの案があったのですが、片方だとなんだか物足りなかったので合体させることにしました。折紙とマリアの隙のない布陣と、それによって強化された十香が妙に好き。ちゃんと卒業式ができてよかったな、と思います。

○八舞トライアド

樹霊ではありません。三人組です。まだ短編に出ていないメインキャラがいました。はい。風待八舞です。何しろ初登場が一二巻なので、参戦機会がなかったのです。

でもそこをなんとかするのが短編の役割。ということで満を持しての登場と相成りました。すっごい。今回登場したのは本編と同じく、成長した耶倶矢と夕弦が合体したパーフェクト八舞なので、もしも機会があれば、生前のノーマル八舞も書いてみたいですね。

○五河パートナー

タマちゃん&神無月の結婚式にかこつけて、精霊全員が士道との夫婦生活を妄想する話。

全員……全員!?　とは思ったものの、一人頭文庫換算四ページで一一人……ギリギリいける！　という判断に。今回の巻は『未来の話』がほんのりとコンセプトになっているので、そういう意味でもちょうどいい話でしたね。店舗特典SSを一一本書くようなものなので、考えるのは大変だったのですが、折紙、二亜、七罪の話はパッと思いつきました。

○七罪エレクション

本編終了後の高校組の話が書きたい！　ということで、七罪が生徒会長選挙に担ぎ出される話。個人的にお気に入りの一本です。七罪の話のとき毎回言ってるなこいつ。

現来禅生には濃い面子が揃っているので、機会があれば他の話も書いてみたいですね。新生徒会の話とか。これは噂なんだが、鏡野会長を陰から操っている裏会長がいるらしい。なんでも左手にウサギのパペットを着けているとか。そんなの絶対ボスじゃん……

○精霊ストレンジャー

この話だけ少し毛色が違いますね。本編二二巻後、並行世界の話となります。

いつもと感じは違いますが、これも個人的にはかなり好きな話です。短編は担当氏から方向性を提案されることも多いのですが、この話に関してはこちらからゴリゴリに推した記憶があります。荒廃した世界をバギーに乗って旅する話書きたいじゃんよ……

これも、機会があれば続きが書きたい話ですね。機会があるかは不明ですが。

○澪（みお）オリジン

澪と真士（しんじ）の短編はずっと書きたかったのですが、ようやくチャンスが巡ってきました。澪が表紙の『アンコール』。これでやらねばいつやるのだ。ということで、三〇年前の一幕です。本編で描ききれなかった澪と真士の日常と、ほんのりと未来に繋がる出来事を。服飾部のくだりは、まーたキャラにウェディングドレス着せてーと思われるかもしれませんが……うん、澪にね、着せてあげたかったんですよ。

さて今回も、様々な方のおかげで本を出すことができました。

つなこさん、草野（くさの）さん、担当氏、編集部の方々、営業、出版、流通、販売に関わる全ての方々、そして今この本を手にとってくださっているあなたに、心よりの感謝を。

一一巻を終えてもまだ未収録の短編が残っているので、もしかしたらまた何らかの形で本が出せるかもしれません。そのときは是非、よろしくお願いいたします。

二〇二二年四月　橘　公司

初出

GraduationTOHKA

十香グラデュエーション

ドラゴンマガジン2020年11月号

TriadYAMAI

八舞トライアド

ドラゴンマガジン2021年5月号

PartnerITSUKA

五河パートナー

ドラゴンマガジン2021年7月号

ElectionNATSUMI

七罪エレクション

ドラゴンマガジン2021年9月号

StrangerSPIRIT

精霊ストレンジャー

ドラゴンマガジン2021年1月号

OriginMIO

澪オリジン

書き下ろし

DATE A LIVE
ENCORE 11

デート・ア・ライブ アンコール11

令和４年５月20日　初版発行

著者――橘　公司（たちばな　こうし）

発行者――青柳昌行

発　行――株式会社KADOKAWA
〒102-8177
東京都千代田区富士見2-13-3
0570-002-301（ナビダイヤル）

印刷所――株式会社暁印刷

製本所――本間製本株式会社

ISBN978-4-04-074603-6 C0193 ◇◇◇